倉田比羽子詩集

Kurata Hiwako

Shichosha
現代詩文庫
198

Gendaishi Bunko

思潮社

現代詩文庫　198　倉田比羽子・目次

詩集〈世界の優しい無関心〉から

詩集〈種まく人の譬えのある風景〉から

Ⅰ　種まく人の譬えのある風景（抄）

未刊詩篇

散文

詩人論

作品論

装幀・芦澤泰偉

詩篇

幻のRの接点

齢を失くした日々の夢
枕を並べた
四角く区切られた寒さの下は
薄暗い明るさをのぞかせた
白い闇におおわれ
ヒソヒソ寄せ合って
ザラザラした言葉は流れにくい
背を向けた
動きの緩慢さは突き離されて鋭く
暗くたび重なる影に倍して
ひとつ置けば
固い敷ブトンの方が
見つめられるより
見つめていた方がたやすい

折り重なる青い木箱が
ハラハラと
整然と高くなるにつれて
影は装いを新たに突きつける
感情への横切り
バッサリと
夢想する心に映えて
青白い斜光を残し天までとどけ
遠くに聞こえる悲鳴の蛇行も
その場限りの余韻を残して定着せず
ときどきこぼれては
冷えた場所に
影が迫る
冬の先ばしりが
熱くあせった思いの凝視に翳って
静けさが広がる

人混みあふれる
枯れたいちょう並木の中を

あなたが揺れていく
灰色の気分そのままに
すこしずつ
灰色の建物とともに
すこしずつ
反響する怒号が音を失くして
白く浮かんだ
ひと握りの触れ合いに
時には鏡の中を見つめたりはするが
二重の戸口は
ただれた現実を拒否して
ほほえみかけた野原に映える
風はやさしく
明るい昼下がりを取り残したせいで
泳げず
広場という広場を
大股で通りすぎることもできない
毎日の寝床のように
青春の胸をひらききった

細いあぜ道くぐり抜け
朽ちかけた家が並ぶ
軒先のぬるんだ地面の向こう
刈り取られた田畑の広がり
孤高　勇ましく
夢みる少年の眼は澄んで
青白い炎に輝く
理不尽な思いは　心をこがし
持てるだけの意味を
冷たい夢にこじつけた
募り積もった重みのない雪のかさ
一夜にわたって
重みを課した北の街をのせて
肩の荷は幾重にも
こわばって
少年は悲鳴をあげる

これは置きざりにしてきた幼さ

下条川のほとりにたたずむと
因習の小さな箱につめこまれた
川面に映る顔は硬い
国道八号線を突っ切る黒い雲が
日ごとに低く垂れこめ
跳んでいく畑の白さに浸みていく
思いやりがふきあふれる隙間に
白装束に着飾った主の
あの暗い五月の雨は冷たく
練り歩いた行列の憂うつ
小さな街を長く結んでいく
とまどう暗い顔は
素直に正面を向いて
煙突の長い煙と
悲しく訣別する
いちじくの実
長く伸びた縁先にふれて
黒く光った表紙　わけもなく
激しく読んだ

イワン・デニーソヴィチの一日
小さな頑具を手のひらにたくして
その地からの絶えまないメッセージが
空の青さをみてみたい
道つづきに
大きな声をはりあげて
つぎつぎにやってくる

たちこめる
見も知らぬたそがれの日々
あまく澱んだ地下に浸って
手をつなぐことも
つながないことも
さほど
深い意味をなさなかった軽はずみが
急激な心のつのりとなって
もやを残し
駆けだしていった道幅
広く両腕を折られて道は戦場化し

向かい合わせの見えない顔はどう猛に
ウミをしぼり出し
背中合わせを押し通して
赤い血を流していく
あなたのやさしい顔におくられて
ただ　ひたすら
ひとりぼっちにはなりきれない
幼さが
非情にも時を知らせる
計算ちがいを
生まれおちてきた偶然な出来事に
拘わる重さは
あなたのせいではなく
四つに組んだ冷たい板の間を
滑るように
眼をつむって
おしきせの翳りを振り払い
暗くまつわる夜話に明けくれた
ひとつ　ひとつ

丹念に教えこむ部屋は
かわいさよぎって　千々に乱れ
覆い被さって放たれていく
天井の高さは限りなく続き
明かりが遠のいていく先々で
腰をかがめて
あなたの側から
やさしい風に頬を打って出る

めくれることも
突き出すことにも恐れて
貧しい風の苛立ちが
どこかで他者から名乗りをあげて
低く旋風する
迫るトタン屋根の上で
黒こげになるまで
赤く腫らした切実さなのに
柵にかけられた手の重みは
凍えて宙に浮く

ひび割れた気分を断った
とり囲む人々のうごめきは
たわいもなく流れて
数を増し
こんな重々しい気分に狭められて
雪降る田舎道に張られた
たくみな攻略も
時として
英雄のように
ながく色あせていく

力強い影は闇夜を突き刺した
白夜を傘にして
あなたの抹殺を試みる
それでも人恋しくて
糧を取るペダルを踏む足は
重々しく
はりついて
高みから迫らなかった

対等の魂は
低く土におもむくと
還れない
生きた土着の仕方は
苦しくハネ
一層
腸を巻いて
漂う

楯は固い意志を武器にして
広い野原をあいまいに
四角く区切ってしまう
あなたの思いやりは
そこで武器となり
雄大な雲になって流れていく
青空がすこしだけ見えた
明かり
風が光に映える武器
時を超えた半永久的な夕暮れは

気持を転がすことなく
あなたに加担していくだろう

時折として
扉をたたく影の姿
細々と
直立不動の明け方
白々と
背後の血の流れをよそ見して
拒否することなく
赤い血を吸いとる
暗くて長い日々を
天候の変化にも出かけることなく
たんたんと
夜の無言《しじま》をつぶして
表情にあらわさず
波立つこともなく
竹のように一途な
心に銃を抱え込み

心がザックリと開いて
手が触れる頃
冷ややかに
四方から射された奥の部屋は燃え
白く天に昇って
炎　一筋
勇ましく
ただ捕えることなく
心臓音は生きて
生きて
生き抜いて
轟音残し裂けていく
意志の群れの中を
脇目も振らず
疾走つづける
幻のＲの接点

朝

きまり
など少しもない朝の部屋に
差しこんだ眼ざめの時は
きまったように
光の中に溶けこんでいく
昨日
みた夢の続きはあるのだろうか
すんなり伸ばした
足の裏で予想を当てて
なぜか
昨日と同じで
揺れ動いているのは窓ガラスだけ
厖大な
散慢とした
ひととき　ひとときを
寝返りを暖かみで感じとり
私は仕返しもしないうちに

どんどんと
部屋のど真ん中に
腰を落としている

（『幻のRの接点』一九七六年思潮社刊）

詩集〈群葉〉から

闇の幅

ある夜、かま首を擡げたままひとりの男が消えた。この男の職業は草刈りだった。昼夜を問わず藪や森にはいって草を刈りつづけた。まちがって自分の首まで切ってしまった。男の残した仕事に広大な野がひろがっていた。茫洋とした藪中で男は草、と関係し　鎌、と関係し　わたしと関係した。野はいっさいの文字を拒んでうつくしかった。

野には川がながれている。男の背中をひらくと低い葦が溢れてくる。かま首を擡げて男がまざまざとみてしまった、一切のもの。川のながれは集積されないのである。

男は藪中に消えていった。

消えたのはわたしとの薄皮一枚のへだたりである。男を愛したわたしの役割が変わった。動かなくなった男の軀の部分。ひたすらみていると男の白い顔が浮き上ってくる。それはぼんやりとうずまくひとの川になり、その一瞬が広大な百年の生にもなり、埋もれるのはこの男でも女でもなく、何ものかになっていくわたしたちであり、浮けばそのままの悲哀である。

胸底のふかいきざはしをめぐって男の軀がひろがる。ここを一気に駆け登れば、野が迫っている。羽毛を散らしたわたしとの首筋を重ねる。男の笑う視線は鋭い。男の頭の部分を支えていたちからが白日の下にさらされていく。しかし野はそれを拡散して荒涼としている。

ひとりの男は生まれそして、草を刈りつづけ一瞬に死んでいった。一瞬が闇に張りついてしまった。わたしは闇に塗り潰された男の消息をゆるそうとしない。つぎからつぎへつづく、かま首である。

闇に幅があるだろうかとわたしは考えている。かま首を擡げる動きがある。男がまざまざとみてしまった、一切のもの、日常の男の脚を喰らっている。広洋とした無限のへだたりのなかで照射された。男の動き。

わたしはこちらの窓できょうも伸びている。厚い霧がかかってわたしはひどく大人しい。たぶんわたしの部屋の隅で背中にボソボソ汗をかいてわたしを待っている仕業がある。かま首を擡げる動きでひとの顔を顕わにする仕業である。

ひとりの男は何年も草を刈りつづけた。白日の動きである。それは茫洋への無援の接近をうかがっていたのかもしれない。まちがって首を切ったのは男ではなくわたしの見方かもしれない。白日の下、苦役の軀にだれかれのちからがはいってくる。

腋の下

わたしの腋の下はいくつもの層が乱れていて断層はあわあわとしている。その狭く脆いクルシミをのけ反らせて男が住まっている。男は乱れた層を整合してわたしのクルシミをやわらげている。この男は架橋を超えてやってきた。身軽な動きと強引なちからにわたしは一目惚れした。そのうえ男の肉体は機械仕掛けのようになめらかで湿潤に弾んでいた。

わたしはといえば頭部肥大症で悩まされていた。頭の中の水分をすこしずつ男に飲ませて栄養分を下ろしている。男の肉体はさらに潤滑になりわたしの腋の下は保護される。こうして男はわたしの奇妙な腋の下の生活者になっていた。

しかし人とは気ままにできている。一方が思惑を超えるとどうもうまくいかない。男は宙返りをはじめた。それがこの男の逆転のはじまりであったらしい。男は身軽な肉体のネジをひとつずつはずしだした。男の肉体はネジで締められていたのだ。そして男はこのネジを机の抽出しにしまったのである。なぜか。わたしがそのことに気付いたのはもっとあとになってからであった。男はスルスルとわたしの腋の下を抜けて口腔下の胸にいたるまで侵入をはじめた。それは迅速な営みであった。位置とはつねに逆転の様相である。腋の下の発汗に異常がみられだした。それは太い黒い毛、のようなものである。クルシミよりもっと潤達なものである。いままで男が吐き捨てていた代物。腋毛の異常発生は頭部や生殖器にまで及び繁茂させている。肉体の中間部はすべすべとして断片化される。

そのころである。机の抽出しにあるネジを見つけたのは。肉体のネジ。これはなにか。自分とちがう何ものかになっていく時間の推移。肉体のネジを嵌めることで毛、の部分と中間部を拘束した。しかし男のネジは太くてわたしに合わない。わたしは無理にこじあける。そして嵌める。肉体は微々と弾んだように思った。そのあとのことはよくわからない。男がネジを取り戻そうにも後のまつりである。

　わたしの頭部肥大症はますます激しくなったが腋の下は青々として宇宙にのびていくのではないかと思ったりする。

外では風が吹いています

わたしが座っている
どこともなく座っています
たしかな理由もなく
だから意欲がいります
座れるところならどこでも座ります
しかし
わたしの声には惑わされて座れません
声はわたしに向けられています
胸の底ちかくで呪うようにも
皮膚の列なりから刺すようにも
刃向かってきます
うるさいから振れ、振り
向いて回り
また色気をだしています
声の主は鼻のかけらを落として
鼻をおさえて
逃げていきます

風がはいってきました
向かう風も逆う風もくるめて
わたしを瀑していいます
ゆっくりと座り直して
ビール一本飲みほして
強い風が
わたしの周りで吹きはじめます
わたしは
相当のちからと無意味で
風を圧さえていいます

夏

ひとしきり風が止むと
人びとは眠ることさえ忘れる
踊りつづける一夜は
いつも陽気で
首が前へ垂れることもない

広場は安閑として
呼吸の小休止に
思いを狭める
踊り明かした朝の
昏さをことばにあらわさない
眠ることを忘れる、
そうして二十四時間以上を
人びとが目醒めつづければ
暗闇に住む影のモデルを
かたちづくることもなくなる
こん夜
あらたに風が止み
湧き起こるちからで
一夜を踊りつづけ
人びとは眠る順番を待っている

（『群葉』一九八〇年深夜叢書社刊）

詩集〈中間溝〉から

冬の頭蓋 Ⅳ

立っている、儘のくらい足首の歩行から男は進めない塩地のことをおもった。文明の地、くるぶしまでの深夜を胸にのせ足もとを明かるくしてこの地を歩く。
塩ふかい港だ、しっかりとゴム脚絆を巻き合羽を被ると眼差しを覗く塩の重さがある。海の向こう不明の地に、あさい段落がことばをつぐんでしまっていた、この深夜が終るとき塩は濃く沈んでいった。その堆積を敷いて知らずに進んできた男の歩行があった。

微生物が男の周りで起き上る。
男はしずかに眼をさます、胸ぐるしい高さに置かれている男の軀、自分自身を疑っている。「親しい懐疑」に明ける朝、片雲に誘われて男は黒々としたわたしとの密会をかさねる中間にいる。ここはながい中間だ、「親しい懐疑」の気ごころが肉体を道具にしている。男は気球のようにかるくなり、体内だけがくらく湿った溝をつくっていく、
ここ中間溝はかるいのだ、
それだけが救いだ、男はぶらぶら密会をつづけている。
しだいに微生物がちからをもちはじめ男を振り落とそうと動きをかえる。
微生物に狙いを定めるとすでに浮力を失ない、男はもう行き場所もわからなくなっていた。
「親しい懐疑」はイメージの結晶からの奔出である、
男は予測のうちに塩ふかい港へ戻り塩の勢いに身を置く。

男はひとつ部屋にいたのだ。眼を噴き出し口角を切り足をからめると男の全体がふくらんだ、その海綿状のやわらかい体質はどんどん塩の勢いを吸っていたのだ。
そして掻い巻のようになった男にはじめて身構えてきたものがある。くらい足首は折って歩行せよ、しずかに座りつづけよ。中間溝の貫道、
塩の勢いは風のようにわたってくる。

旅の途中 Ｉ

鐘楼のみえる配下はふかい緑に囲まれてものの動きは不
遜のふるまいのようだ。その緑の中心を追い払うように
川筋を引いていくひとつの動きがある。晴れた午後のな
がい首列である。
牛ともつかずひとともつかず、
腕を伸ばしては折れる悲哀のなかに牛もひとも同じ動き
を示してくる。この乾冷地で固守してきた首筋、それは
底ふかく想像するちからほどにつよい。これら首筋にひ
ろがる視野は発見か錯誤か、それとも書物の領分にはじ
まる。

この地でわたしの首筋はもとよりながくはならなかった。
夜になると書物の同じ頁がひらかれ毎夜繰り返されたひ
とつの動きがある。わたしは書物の一頁を歩いている、
歩いたのはこの地でもなくかの地でもない頭の中。点在
するわたしは遙か地を一瞬に超え、白髪の小柄な老婆そ
ばふかくわずかずつふるえ、

牛ともつかずひとともつかず、
眼を見ひらくのだ。
百年の眠気をすすめてはさらに陥っていく書物の一頁が
ひかっている。ここ鈍い停止をあたえられた頭の中は灰
色の壁に腕を伸ばし、この地でもなくかの地をも失くし
てしまった。そうして、
牛ともつかずひとともつかず、
ある瞬きの音を聴いたようにわたしは書物の一頁をめく
ったのだ。

ながい首筋のあとながい生活がやってくる。ふかい緑は
勤勉の土壌に肥え鐘は鳴る。置かれるままに自然をあい
し実繁り腐り落ちる緑の底で、
ひとはひと、牛は牛、の領分を頒ち牛もひとも食べ荒ら
すちからに任せていく。固守してきた首筋のまわりで頭
の中は凝っと溶けていき、立ち塞がる百年前に惑わされ
百年後の、そのなか、
牛ともつかずひとともつかず、
埋もれていく頭の中はみずうみのようにひろく、そして

縮まる。

旅の途中 Ⅴ

思案するひとを酔わせている、一本の木がある。水の、清らかな水の木。
混濁の地。まだみることのないひと、物の戦ぎがあり、そこから一滴の清冽を受けるときわたしは最後に水の木を一本、貰っていきたい気がした。底とよべる場所の知らないひかりの夜《よ》から、不明の痩身の背後にひかりをのぞみ、瞬間の光芒のうちに生成した、水の木である。
彷徨えない街でわたしはひかりを土の中に埋めている、そして光覚を吐き出している体質からひとりの戦意を見出していた。一律、同じ誤謬で生き延びられるなら危うい魂をのこして点在する、地と地のあいだを激しく執着したいとおもった。そしていつしか水の木に包まれこの地を歩きたいのだ。

ここ運河の街である。
寛大な街がわたしを守ろうとしている、わたしを守るものがこの世にたしかにあるのだ。警鐘に灰色の壁はふるえ、書物はながい年月かけて煩悶を教える、そして幾多のみえない貌に怯える老いのまわりで、水の木の一滴がくらい道筋に浮かぶ。思案がこの街で氾濫することだけを希っている。
どよめきが聴こえる、
街角の下宿屋では斧を持つ手が腕を伸ばしはじめている、
どこまで行きたいのだ、
わたしは、
頭の中へ。

（『中間溝』一九八一年深夜叢書社刊）

詩集〈夏の地名〉から

月の名

ひびいてくる碧玉を見つめている
何と呼ぼうよ、
つづられる音を頭の中の水にしずめて
この〔一夜の物語〕を読んでいる
輝いている水玉のような文字
現実と非現実に超えられる
（真実の）月の下で
宇宙服を着こめば
あの現実はもっとも近い仮装の国
それとも
障子戸の奥から
父祖の喪われた手のふくらみにそって
物の縁明かり
生者の結束点がゆらゆらと

青白い炎をのぞかせている
満天の星　満月の無音

微塵にくだかれる三十三年後
骨を洗う若草の春の匂いがして
どこからともなく　舵もなく
吹く風とひとつの時代に忙しい
人々が通ってゆく
月下の中庭の明るさ

「ありがたいことに、月よ、おまえはもう月ではない、だが昔から月と命名されているおまえを依然として月と呼ぶのはたぶんぼくの怠慢なのだろう。ぼくがおまえを『ふしぎな色の、忘られた提燈』と名づければおまえが急に意気沮喪してしまうのはなぜだ。そして、………」（この先きを読みたい方はカフカの『酔っぱらいとの対話』を読んでください。）

そう、つぎに（わたしは）何と呼ぼうよ、
『一冊の美しい書物』とか、

ふるぼけたブイと浮かぶ
書き割りの月の姿から
生後四十年ちかくずっと
「死者の神々」――生きられた事実にもとづく
あれはこの世の水、木？
旗？
振られるたびに
まぶしい「……の名」
だが（わたしは／彼は）何と呼ぼうよ、
生態系のひとつの目をあけて
最初に「ツキ」と言った人がいるなら
その口や目や頭をこえて
青いひかりは穏やかな夜空でもがいている
我が女池にその形姿《すがた》がうつり
――お――い、シンバルの片割れよ、
と（わたしが）叫んだら

夜空にのこるふしぎな一葉めがけて引力が起り
…………（ビヴァブヴァビヴヴァーン）
蓮沼の水面は
世界の鳴り止む非現実をつくるだろうか

しかしだれも
この物語は読まないだろう
月の名が「月」を生かしめている
手のなかに
声よりさきに今夜も
月があがっているよ

何処から

人知れず話し声が聞こえてくる……
――生まれた場所はどれくらいの大きさでしたか。
――これくらいの大きさです。
と、等身大の影を手のひらに差し出した。そのあとに織毛状の呼気が浮き立ちゆらゆらと水の中に隠れた。綿帽子に春の風が不安げにまとわりついてあたたかい。

——いま、やってきたんですか。

——いいえ、瞬間瞬間、過ぎてきています。

——何時《いつ》からですか。

——届かない、ということからです。

右の人の喉は朱色の壁に突き当り、左の人の耳は蓋をあけて沈黙している。どちらがどちらでも役割はもう終っていた。

——ここは何もひびきませんね。

——ええ、でも眠らない声がしています。横臥するとか、目を伏せるとか、遠い昔に忘れてしまったようです。

起きていない声が体毛を覆ってあたり一面を濃く沈めている。

《もうはじまっている。》

《ここは？　……こことは？　……》

まるで世界の欠落点、それともここにしかいられない、世界の膨張点。


水の上をノスタルジィな人間の体内に力が入ってゆく。まなざし……くちびる……みみたぶ……（薄く紅潮してとてもやわらかい／もう触れもせず、）……

——水溶性の夢を見ていたようです。物質のような。なにか神の眼の一秒のようなひかりの屹立感に及ぼされています。

——それは〔時間〕と呼びます。わたしたちが生きている間、青い空のもとで気持よく水浴びをしていた頃のあのあり得ない退屈、あり得ない決意、あり得ない言葉のように。裸にされてしまった口の中を泳いでいるんです。

……縁どられている体にぱたぱた青い光が打ち寄せている……

——それは地形の膜とか空の蓋、闇の皮のようなものですか。

——いいえ、もっと心地よくて美しい一日です。

知らず知らず持続している朝な夕なの風、骨、緑。

喉から食道を通って胃の中、異物／静物、胸底のひずめの音、廻り道をして穴から出る飾り物。……その充溢の日々……

――それでは、動く悲しみ？
――追いつけない苦しみ？
……（OFF、OFF、どこからともなく声……
――ここでは並べ変えることも、組み変えることも自由
ですから〈愛〉は見つかります。名指しと視線のあいだ
にこつんと音をたてて。
――時間の発見たる〔時間〕の最初の音ですか。
――体じゅうに集まっています。
……さっきから侵入しているのはゼリーを食べあった雪
の夜のペロペロ、ツルツル、……
音は類似の音色を囲んでいる。
――同じに聞こえますね。
――ええ、永遠の類似の中に収まっています。だからな
んにも似ていない。
《わたしは？》
《わたしに似ていない？》
……ワタシハワタシデ、ワタシデナイ、……

――ところで生まれた場所は見つかりましたか。
――たぶんいま、言おうとしている口の中で待っていま
す。
――どんな風ですか。
――こわれています。
――やはりここにいる悲しみですか。
――ええ、でもそれはただ、指で触れることができない
のです。
　人知れず話し声が途絶えてゆく……
　耳が落ちている。喉が落ちている。

五月はすでに裸木のなかに
西陽がおりる手の股から這いだしてゆるやかな田の瀬に
のり　遠方の家人の消息をはらはらしながら螢の火にお
くっている　野いちごの赤い実に庭さきのくれた横顔は
あいまいな憂いをしめして通りぬけ　息を吹きかえす灰

色のかたい寝台から口蓋に甘い粒を残して　ゆらりと顔を覗かせる　ひろがりは目蓋の劣情を刺激してかわいた血の中に西方の尖塔の旗がわずかな風に揺れている　風もにくしみをはらみ堕ちるときをもう何世紀も待っているのだときいた　わたしはこうしてしばらくの間　リングの上のあたらしいニュースをきいている

音楽が岸辺の水ぎわまでさまよって魚たちも踊りはじめる　眼が朽ちて色がぬける間　ねむりの隙間から　草叢原に熱がおこるのをしらないままに　草創の歌人が存命の讃歌をうたっている　生まれおちてきた赤子の遺伝子が尻の穴からぬけだして月の光の中に影を隠していく　無意識に手のちからがふるえ　いつの間にか過ぎていったのだ

いつの間にか時間が立ちこめている　虚《から》の躰で性交するさびしい風景　角の豆腐屋のツルツルした腹の上を滑っている　その細い息をたよりに四肢がからみあって毛が脱けおちていく　犬毛や猿毛や樽の底の繊毛に肉体が結ぶ潟　地図の砂上のハリネズミを一匹　二匹と捕えつるす　喉元のたまるよどみに菫色の花粉が舞いちり逃げていく歴史の無意識　凶暴な手の動きでわたしを掴み冷えた鍋の底を磨く時間の中にだれかがそっと這いよって来てもふしぎではないだろう　ピカピカの底の尻の恐るべき表面で踊るわたしは彼は　もうずっと遠くから凝視《みつ》めている水の泡のようだ　消えても腋毛は群生し米は手短に口の中へ運ばれる　こぼれてさびしくも口の中へ　口の中へ　こうして時間が猛るマヨール広場の真ん中にやってきた　躰を蹲らせているのは　蹲り蹲り　待っているかたちは　手の股からおちることばか

野いちごの実る季節に母の裸身が裸木に変わっていく

いつの間にかわたしにはわかる気がするのだ

夏の午睡のなかの（注視）

見つめている夏の午後から
現われくるすべてのものが
ひとつの体の影と交わり

少女の頭の中でくずれる
土のうえのみどりの海
水のなかの松の根の地下水脈
「ひろさがひろがらない、」
昼の無意識にそって　ゆっくりと右足を出す
左足が環状に立ちすくみ
入道雲が空よりはなれ
ひととき　人影ににじり寄る
誘われる青色の網目がめくれ
尖頭状の音の不意打ち　カミナリの穂が鳴り出す
弾けとぶやわらかい夕立となって
――ほら、少女は窓辺で朗読をしているよ
事物の縁にそそり立つ季節

指の先で肉声が飛び出す夏の午後
滲みでてくる木の蜜のゆるやかな凸面
ゆり起こされる右耳と左耳が溶けあって
袖の下に入ってゆく
臆病な草のうえの通学路

百メートル競争の息がさらされる冷暗所
誰もいなくなった運動場へ戻ってゆく
蟬が鳴いている
「時間はここにも届かない、」
大声を出して振り返ると
――ほら、少女の望まぬもの？
（死、不死、）
のぼってくるよ
ばらばらと視野がほぐれ
まだ見ぬ構図はいまだかたちもなく
つぎの苦痛に向かっている

見つめているすべてのものは透けて重なり
見つめていないすべてのものと等しくなる

こうしてわたしが知っている（いた）ような
不安な夏の午後
見つめているすべてのものは
気温三十二・一度、快晴、南東の風、風力三、

いかなる記憶の断片を呼び込んでも
見つめているものは
やってこない、
「（わたしは）肉体で隔たっている」
〈個《それ》〉につかまるまえに
《スペクタクルな肉体》を
指のあいだから
逃している

魔の小径／幻の生地

母、それとも月の死――
眼を瞑ると　死者の横顔は果敢に揺れはじめ　月のひか
りを帯びて五月の穏やかな夜蔭の空気を舐めるように
鼻梁の高さから高麗ねずみや蛇　蚊の移ろいを張り立た
せて　掌の外に引き離した　悠然とあたたかい血を　完
結しない個をこえて　時間の波が曖昧に熱を洗ってい
る　母よ　にぎやかな部屋から叫び堕ちていった母よそ
の乳房よ石よ　くるしめくるしめくるしめ　ひとりでく
るしんで置き去りにされる庭に放たれよ、
哭く母体の明けの明星が土壁に押されてふうらふうら
と　少女の（わたしの）吹き棄てる肉体に　頭を打ち
込んだ虚体の足を垂らすのであった
眼を瞑ると　死者の横顔は薄紅を差して　少女の（わた
しの）怖れを連れ立って庭の洪水に月のひかりを投げ棄
てている　悼むさきで言葉があふれて少女よ（わたし
の）口の端にまつわりつく無数の脚の差　胸底に滴が
落ちていく

地面の記憶、それとも機械――
ミシンが運ばれた露路裏に蛙は眠り夜具は額を締める
風は波かも知れぬ　荒淫の眼を死者にはなむけ　少女の
稚な顔がくれる自然にざくろの赤い実が冷たい機械に油
をそそぐ　滾つ丘から人影が青白いひかりを尻から放ち
歩いてくる　ペダルを踏む足　寝床《しんしょう》の足　思考の腕《かいな》を
ほどいてちからが分散し　闇が放つ恐るべきひかりのな
かへ吸い込まれる　くるしめくるしめくるしめ　ひとり

でくるしんで置き去りにされる庭に放たれよ、
少女の非体は甲羅の背に立ち死者を窺っている　母体が横臥する腹のやわらかさの頂点まで　眠りを蝕む無感覚の孤独　地面のうえを干からびた洪水が少女の〈わたしの〉血の中で騒ぐ虫のように勢いを固まらせている
〈死者は母でありえたろうか〉記憶を縫って袋小路の機械のうえで少女よ　冬の日　下弦の月が死者の出る地上にひかりをそそいでいる

喪の列、それとも百足——
〈わたしが存在しないものだったとしたら……〉恐るべき無為が躰を丸め込んでしまった　足のさきから地の動きが脳髄を打擲する喪の列に砂地の岸辺がひろがる　眼のさきで明らかな肉体を託つ熱風に少女の前髪が憂えてみえる　生者も死者も　少女の眼に補われていく時間のなかで腕を伸ばし悲劇的な怠惰にみまわれて埋葬地に向かう〈人間の怠惰に関する神話はあったろうか〉喉頭から学ぶべきちからを失ったような言葉を引き出してにぎやかな百足の脚に連なり最後の邪悪なひとりになる　くるしめくるしめくるしめ　ひとりでくるしんで置き去りにされる庭に放たれよ、
低い屋根のうねりを乱して　岸辺のない街の水際で列は風景を多血質に変えている　ともに歩く隣人の横顔の淫猥を口中に押し込めて　火や水や風の眼のなかへ　青白い尾を垂らして百足の脚がもぎ落とされる
死者とともに歩く少女よ〈わたしの〉地面すれすれの裸の木に　一日のひかりもひれ伏してしまった

深夜の魚、それとも隕石——
深夜の寝床から覗き込むと粉砕された頭蓋のうえで魚が泳いでいる　薄紅には春の香り　水には棘　幾夜も留め置かれた焼場の高台は旱魃がつづき　水中動物は失われた平地の沸騰した湯のなかで喘いでいる　くるしめくるしめくるしめ　ひとりでくるしんで置き去りにされる庭に放たれよ、
殻のなかで目覚める少女は一筋の破片化された煙に瞠り　それはひかりにも似た物質の機能と印象で死を少女の非体に封じ込めている　地上に落ちてきた魚　その石

のような頭　〈ここには別の法則が生まれる〉　魚たちが無形の目覚めを誘ってきた　個をこえて孤独のない袖の下をくぐり抜ける少女よ　行方をくらましてかたちを溶解する高台の風のなかにはいる

家人の行方、それとも（わたしの）——
架空の家系図から行方不明になった家人たち　恐るべき廃屋の家人たち　《血ノ中ニ生キテ死者ノ助言ニ栄ユ》*
闇の膨張力が伸びてきた　くるしめくるしめくるしめ
ひとりずつくるしんで置き去りにされる庭に放たれよ、
鼻孔につながれた廃屋の草叢に坐る人影もなく　この世の重力を引っ張って　夜の風が銃眼を孕ませねらっている
低く空が垂れてきた　滴に満ちた紫陽花を折って少女は国道八号線を駆って家の中に入っていく　模倣の空が家中に散乱して障子戸の猫の爪あとや暗い台所を押し包むようにして　行方知れずの家人を探している　かなしそうに笑って　くるしみも模倣しているのか少女よ　少女の非体が天上からはためき　恐るべき生地で模倣の生存をくり返している

＊

くるしめくるしめ、くるしめ
ひとりずつくるしんで
置き去りにされる庭に放たれよ、
野いちごの赤い実が溶けて
猫の鳴き声が土中に潜る長い時間だった
たのしみがそらごとをくり返す不安な血の中で。

＊ジュリアン・グラック『シルトの岸辺』（安藤元雄訳）より引用

スーパー・オリンピアからはじまる

スーパー・オリンピアの角に立っている。
濃藍色の冬空。致死量ほどの水ぐすり。
青空の窪んだ瓶の中。溺れた蛙、鼠の足。
壁に描かれた鉄条網。トレード・センターは二本の水柱。

逃げだせない非常階段、凍った草の蔭。
四丁目のカーブを曲がり
コーネリア・ストリート・コーヒー店は緑の地上。
健胃剤の空きびんが二つ、三つ、
人間が倒れこんだ格好になる。
北に住んだり、
南に住んだり、
ときどきはこの不自由な身に
神様が声をかけてくれた方がうれしい。
西の方角に稲妻が走った、
冬の雷鳴。乾いた重奏。
葬儀屋が門をあける。
冬でよかった。冬でよかった、と誰かが叫ぶ。
《詩の読まれる季節》がやってくる。
窓ごしにそこだけ金色のふかみ、
(ごきげんよう。)
馴染みの言葉を金モールに飾っている。
ビザンチウムの石畳を敷いて
聖句に唾を吐く行商人が坐る。

無意識にマーケットの紙包みを抱きしめている。
鼻水、目の滴、冷たい息は体から出てきた。
手で確かめたりするのは
手のほどこしようもなかった母の長い息の遺物、
(まだ、くるしいの。)
通りの寒暖計が赤い線を下がってきた、
寒さで空気は燃えている。
ここはマイナス十度ほどに冷えこんでいる。
シネマの入口に長い列ができ
湯気に濡れるピザ屋もいっぱいだ。
時間の防波堤。
眠る順番を待っている公園で
脳震盪がつぎつぎに起る。
夕暮。このふかい夕暮を覚えておこう、
古着屋の主人が顔を突きだし
南部なまりで声をかける。
棒立ちの生まれたままの姿勢は変えられない、と嘆いている。
(手助けはできないんだ。)

洋風の窓に首を吊るした小宇宙、
(さようなら。)
人間はいっぱいいる。
孤独に、素敵だ。
人工雨が降りだした木の下で、
何かいいことのありそうな大合唱だ。
「まちがいのぜんぜんないのは詩だけで、」
と陽気に歌っている。
映画撮影の雨が霙になり、にわかに静かになり
目の中に海緑色が漲る。
誰もいなくなって、
何処にもいなくなって、
神の口も神経質になったらしい。
ふぁっ、ふぁっ、ふぁっ、
(どうしたの?)
神様も落ち着かない、
ふぁっ、ふぁっ、ふぁっくしょん。
黄昏。神も人も痙攣する。
神も人も、風邪を引く。

今夜は蠟燭をつけて
ここからそこへゆき、
みんな一緒に
北に住んだり、
南に住んだり、
スーパー・マーケットにようやく
明かりがともる。

(『夏の地名』一九八八年書肆山田刊)

詩集〈カーニバル〉から

（ある日……）

ある日どこか寒い国の火山の下で
無人の観覧車が唐突に一日を引き止める
夏の本質、西風が海から吹いてくる
すべては与えられ、すべてはそこにある
すべては内在し、すべてはとどまる

火山口の縁を歩く　躊躇する人、人の
夏の回廊。「父と母」の淋しいうぶ声があがってくる
魂と呼んでいいか、どうか、
わたしはおそれている
（めざめている、ひらいている）火口
　　　　光（目）、闇（空の種）

水の市

静かに横になって眠っていた
水に浮いて軽くなった生体
呼吸法を組み換える実験室で精神と肉体を鍛える
透影のための十二秒ごとの気息調節が進む
水と夜は生の比喩として内部にひろがる
――「わたしが見えますか」
曳光がひろびろとした川下の戦場跡に紛れ込み
大海に人は青々と群がっている
真昼間　空たかく猛禽類はひと声鳴いて青を取り込む
その後を追っていくつもの顔
ぶよぶよした符牒のまま
石を押し上げては
シジフォスの「期待」も終わりなきはじまりを告げる
その市の入口に石は転がり落ち
ふたたび石は押し上げられた
夜の戦場から水の戦場跡に幻の門は開いた

青々とした水の市で目覚めると鰭や鰓の筋肉の発達は著しく
わたしは水の市に身を隠すことにした
わたしはここを生きることの掟とした
世界はすべてを吐き出したようにおし黙り
わたしは乾いた存在となった
もう隠れて「水を飲みたい」と思うこともなかった
あの渇きの戦いは自由への自惚れである
戦いとは不自由に自分自身を呼び込むこと
わたしはここで折り合いをつけなければならなかった
豊饒な水の市の中央広場に死のシンボル（水死体）が取り出され
天然記念物として陳列された
これがかつて溺死した神々だとは誰も知らない
ここではわたしも神の顔とともにあった
市の掟はわたしが生きていたことを生きることだ
水に溶け込む小さい声が連なって
死のシンボルを見守っている
ここでは誰が怪物だったのか
その威力を、その無力をずっと後の現実で
わたしはもう一度知る必要があった

水の中の署名

二重三重の歩哨塔が照らし出す障壁の街
幾千本の指を持つ似姿の、影の男は監視を続ける
水の戦場跡に悪夢が物質のようにぶらさがる
わたしの名が呼ばれている
水泡状の穂波にゆれながら
「その先の国境で署名をしてください」
「決して自分の名は思い出さぬように。それは必要のないものですから」
と影の男は指示する
詩を書く手が消えている
消えた手の痕跡は水中で抵抗し
わたしは水の中で署名をした
まだ慣れない手つきで、わたしはようやくわたしの名を

消すことができる
わたしはこの一形式（「抹殺」）に充足した
極彩色に描かれた円蓋が破れ　そこから毛羽立ってゆく
人称
おそろしい指が若い昆布のようにゆらゆら取り囲んだ

嘴が無意識の天辺を突き破っている
わたしは眺めているようで消えた手が滲んでいる
ハンドルを右に切った、
ルート55の標識を見てそれからを考える
下吹く風が旧市街を晒して　ひとつの窓にアネモネの種
が移ってくる
街は遠くで根を生やし
旅の広告看板が道を延長する
夜の地図にうつせみの世界が嵌め込まれる
ふっ、ここにいると一人立つ
折り返して重なり合う白昼
北角のコーネリア通りは緩いネジを締め上げる
右手のハンドルは一気に反対方向の磁石と変わり
わたしは絶たれた手をつないでいる
時間のきりぎしに初夏の頃
乱れ飛ぶ青と遊んでいる
誰かあやしい嘴

森の空地

忘れられてゆく時代を引き継ぐ日没
硬くて青い空が目の先の突堤に切り込んだ
声の通らぬかなしみが澄んでいる
わたしは森の空地にやってきて、心身と肉体を縒り合わ
せる
頭に無限のゆがみがのこって
二千年前の戦場跡に通じるこの世の隘路は暗く
わたしの姿が見えようと見えまいと、恐れはなかった
すでに自在に水の市と森の中を行き来できるようになっ
ていた
木肌を濡らす菫色の雫が人の心を尋ねて

布袋の中で敏捷に動く意思に
ふと声が洩れ出た、
すでに名づけられたものたちの
断念と祈念の荒々しい、まじわりを見た
気づかぬうちに誰もが消えていった戦場跡
そこに人の眠りが久しい声を誘い出している

風は流れゆく場所を見失う
森の空地は寒くなる
雪の羽が一枚舞い降りた
モンタージュのような羽の影の一本一本にわたしは精通する
あの虹色は死を導くわたしやあなたの魂の筋力かしら?
すこしずつ太く強くなる
浮き出て軽くあざやかに　生家の十字窓からふいに
飛び出てくる、あ、その声の主の、
どこか聞き覚えのあるコーネリアス!
何を口誦さんでいるのか

風が生き生きと渡ってゆく先の、残光を受けて
盲目的にかたくなにひそんで小さくなる
小さな雫につつまれて明滅する夏の廃家
人は生き抜いて、生き急ぐ日々の窓辺に
声の通らぬかなしみが澄んで
山桜の大木から降りしきる春はしたたる

ここより入り込めない場所がある
森の空地は茫々と密生する
茫々と硬直する内部で欲望はつくられる
大きく競り上がる入口に
そうすることがゆるされているように
いまだ名づけられぬものたちの夥しい羽の影は謎めいて
羽ばたく
森の空地は茫々と、茫々と密生する
わたしはここよりいまだ入り込めず躊躇している
欲望の在りかが試される
「ここに入るには肉体と意思の閾を確認してください」
欲望の内部へ

真の自由を恐怖として
声の通らぬかなしみは熱くなる

かつてわたしは大きい声と割れた二つの眼をもった
すでに名づけられたものだった
少しの水と風と夜の光の中で叫び続けた
その時、詩の言葉もすでに名づけられたものだった
詩の言葉は大きかったが
一篇の詩はどこからも聞こえてこなかった
わたしは大きい声で熱唱した
その罰として書く手は奪われ
わたしは第三の眼に恐れおののいた
しかしわたしはひそかに一眼巨人《キュクロプス》となって書き続けた
すべてがゆるされているとするなら
何をしてもゆるされている
ゆるされているということをほんとうに知っている人は
「そうする」だろうか、「そうしない」だろうか
わたしはゆるされていることを「ほんとう」には知らな
かった

わたしは詩を書き続けた
「死ぬ」ことを水の市で「書き」続けた
かつての「水死」体はその表象物だった
わたしは人間の生きている「ほんとう」の根拠を知らな
かった
わたしの「水死」体は「そうした」のだろうか
「そうしなかった」と思いたかったが
「そうした」と告白すべきだった

入り込めない場所に青空が立ちはだかって誘惑する
入り込めない場所に入るための知と規律
知によって存立し、しかし知によっては摑み得ぬものの
わたしの死を迎え撃たねばならない
わたしの詩の言葉は欲望の在りかを転換する
わたしの詩の言葉は夜の戦場をめぐり、名を抹殺し
水浸しの箱の中で眠り続けた
「あなたは余白に生きるべく、」
二千年の間　ずっとそう聞こえていた
「さあ、起きてください。つぎはあなたが希望を歌うの

です」

そして二千年　小さい声で
森の空地にやってきてわたしは時間が充ちるのを待って
いる
すでに名づけられたものたちの、ふいに荒涼とした声や
風にまぎれ
声の通らぬかなしみが
ソーダ水のようにぷちぷち跳ねて見える
無意識に祈りの衝動が漏れている
手に掬いとって
真の自由とは、と現代のコーネリアスが声をかける
何に紛れようと、混じり合おうと
わたしは存在しない方法を選び取るだろう
影を映さぬ世界を透視する
一個の人間は「歌い」終わったのだろうか
「歌い」終わるべきだろうか
しかし先はまだある、
これからは架空の生き物としての「希望」がある

切り放された別個の感情から可笑しさが込み上げた
周りから恐怖がぷちぷち音を出してきた

（夏の間……）

夏の間　乾燥した激しい風が黒く大地をおおった
人は運を天に任せた大きな中間地帯、鯨の腹の中に避難
した
しかし　そろそろ天候は変わりつつあった
日蝕の空　鉱床の埋もれた地上に無風の分離線が引かれ
る
夏の手元でひらかれる襞状の海
海の終わりへ遊覧船が曳かれてゆく
純粋な結晶のイルミネーションにそって
夜の湾は包囲される
閉ざされた口ふかく　雪のひとひら、ひらら
　小さな声がして
　　（あふれている、はらんでいる）気韻生動

夜の地図

わたしは、われわれの信念を試すはずのない仮借ない戦争を待望した。その戦闘の中で、自分が一兵卒となることが分かれば充分であった。

――「ドイツ鎮魂曲」（ボルヘス）

地上に夜の地図をひろげて戦った
生きながら追われてゆく夜の厚み　声は細く一気に引き裂かれ
ひとつの身は眠りの重みにからまった
わたしは新しい風をおそれて　ただひとつのことを願った
――「虚無とひとつになること」
　　　　　　　と戦場跡を走り続けた
地上の作戦は成功したかにみえたが
手の中にいきなり青空がひらいた

地表に漂う春の風　そそり立つ氷の棕櫚
うす明かりが差して　二千年前の古びた戦場跡
桑畑の細道から新しい匂いがした

眠る種子は交配し　変貌するウィルスは増殖し
世界は手の中にあった
戦場で吹き飛んだ肉体　腐敗する夜の茂みから
濃密な幻影が迸り出た
　　　　生と死が放置される、朝の十字窓で
わたしの種子は生き生きと身籠った
わたしはかなしみの無言の種族となった
二千年後、地上から離れた声とひとつに重なって
わたしは自分の顔とすれ違った

コップの縁で夜の戦場は回り続けた
終わること自体が終わったコップの内部
人びとは終わりなき終わりの戦いを忘れ得た
夏の空は雨音をくゆらす
からっぽの柩に生き生きとした種子が生まれ
あまやかな新種の匂いにふくらんだ
わたしは手の中の警報装置を引き抜いて
流れる血を強引に超えた
もはや何ごとも起こらず、充溢した

輪郭をなくした全き瞬間に
　夜の手、〈詩の試み〉と呼ぶ
みずみずしい雫を書き残して　筋肉や熱となった
それがどんな形を持っていたものなのか
どんな無言を描き、どんな記憶に集中したのか

わたしは今日一日ここに生きていた
あ、どこか裏通りで落日が痙攣している
夕陽を背にからん、からん
　ふと、椎名麟三の「ほんとう」の意味を考えた
――「何も起らなかったんだ」
神の引力を試している夏の細部
手の中の聖書はコップの縁で直接、乾いた音を立てた

ふいに、ぐらっと眩暈がして、わずかな庇の陰に寄
せられ
小さな石に恐れながら、ひしひしと身がせばまり
人の祈る姿、水を飲む影とかさなって
ただ、恐れ、ひしひしと言葉にならない勇気のよう
な、手が書く「直感」。
――あたるぞ！
地を圧す雨脚、飛来する一石、一石。
手が書く――天辺の嘴。水の筆跡。
夏の裏通りは行き暮れ
　わたしはこの世の奇妙な夕暮れを歩いている

テアトルの道

迷宮

眠りは掌につつまれて、なごんでいた
冬の薄ら日　暗い咳がひとつこぼれ、くるしい
夢にまぎれこむ声に凪、頭の中を眺めている
どこへとなく繋がる道の　閉ざされた胎道
窓に日は移り
ゆっくりゆっくり死ぬとも生きるとも定かならぬ　発熱
の体

何という明るさの空洞体、一枚の虚空
わが市街区は舟の中の鳥籠のようにゆれ
起こるとも起こらぬとも四十日の嵐のうち続く
物語の名残りを鼻先にふと感じた
ああ、雨が降ってくる　反復する時間の影をくぐる
ノアの綻びから水は体に沁み
ふたたび眠り込む　その眠りは誰のものだったか
上空に死者の大群
天蓋と思《おぼ》しき青の渚にそって歩いてゆく

うしなわれたかなしみ

兄はとうに死に、弟は老いて人工衛星にのって
生まれ育った生地を探す旅に出た
無数の旅先で　名前や住所が絶え
兄の本一冊が記憶を重ね促した
　　これが肉体だったとはね、
　生き生きと年重ね
生態観察は迂回法でおこなわれた
各章とも葉緑素で構成され
弟の血はさわいだ
　　　　古びた宇宙、浮世の細道
一歩一歩生地に近づくと
弟は記憶装置をはずし
一気に血の流れを変えた

血族

声といって、それは匂いのことだ
吸い上げるように匂う梅の香ひくく
迫りくる日月の、春は孤立してけわしい
誰もいないはずの家に無数の死者を嗅ぎ分ける
はるか遠くの地に月は上がり
ここではじけ飛ぶ　真昼の花火
ひと声うねりざま、生きていると思ったのは
匂いのせいだ
静まり方の法則が乱れている
ひと足歩き出せば、破れる鼻先
〔兄の声、弟の鼻〕
暗い思いを呼び覚ますように

雨音が意識の流れにそって窓ガラスを二度、三度
打った

さても終わりの古い道にそれて

ふいに、さわられたように魂がそれて、古い道がボーと
うつる。
恐ろしいほど暮れなずむ、宝慶寺の山門にふみ迷った。
ひと足踏み入れた夏の本堂から話し声。
「いつもと変わりはないでしょう」
急にくずれ折れる足元の、振れるような眼差しの、雨音
が打っている。
「夜の道はあぶないですから、ゆっくりと、ね」
足の早い夕立にまぎれ、ひとりひとり影にうつる、
テアトルの道。
つぶやいていたのは狐たちだったろうか。

一枚の黒い旗

「高所」の空地に
かつて暮らした町がある
窓から色とりどりの旗が振られ
広場で人々はめぐりくる夏を踊っている
人間的な「接触」が終わった手の中で
ぬくもりは記憶の一部となった
見知らぬ影が折り重なる三叉路から
休むところを探して
懐かしい顔がつぎつぎに丘の上を目指してゆく
笛を吹く少年の後ろ姿を先頭に
見えない愛がわたしを抱きしめる
一軒の閉じたわが家の
夏の邯鄲、
そこに「父と母」からの誕生を見た
陥没した部屋の真ん中に水が湧いて
そっと手を触れると
蜉蝣が一匹飛び交い　遙かな声を雫にした

明日になれば「愛」の手紙も配達されるだろう
「人類」の長い旅から帰った顔は
オープン・セットの夜空の下で呼びかける
――さあ、みんな出ておいでよ、
　踊ろうよ！
笛の音、噴射する「神の手」に怯える
わたしたちの「世紀」の名残り
人々は唯一の名前を取り戻して
輝かしい個体性を思い出す
それがはたして正しいかどうか
その顔はわたしの名と等しいかどうか

未来に放免される父と母の関心は
ゆるされて
「有機物体」の引き金を引くことだ
町全体が碧く明るみ
くるぶしまでの地上　ロケット発射塔から
プリーツ状の一枚の黒い旗が大きく翻る
何を告げたくてか、
風の声は音をひそめて
そのしるしに一夜の狼藉をはたらくのだ

オリーブの木陰で

オリーブの木の陰で
夏の昼下がり
たった一人、
「わたくしの」と呼んで
胸のポケットにひそんでいる魂にふれてみた
まだすこし息づいている
葉脈がきらきら、うねうね美しい！
ここから先　ピザ屋の向こう通りは夕立の水けむり
もうすぐ場面は終わるのだろう
これが永遠のメタファーかもしれない
でも、もっと生きたいな、
欄干に頭蓋骨ひとつ目覚め

昼と夜を二分した境界石が動く
植物の生長の美しさも過ぎ去り
雨のブルックリン橋の上で
傘をさして重力と釣り合った日々
郷愁にみちた　家の窓々がそよぎ
殺意のようにつぎつぎと誕生を繰り返していった
あの懐かしい愛と戦いの場面は
何と決着をつけたのだろう
ああ、その一語だ、
抽象の極致に達する言葉──「わたしたちはゆるされて。」
影もなく寝台に縛りつけられた夜の重み
有線放送から高らかに鳴りひびく
ハレルヤ、ハレルヤの声の帳がおりる
ベルを押して
潰された夢の中に立った
透かしのように
体に誰かが入ってくる
なんてイタイ！

全身、雨に濡れ
（青い種子は神になるか⁉）
その最後の一幕の
曖昧な場面はどうしても映らず
この肉体は想像力が不足している

（春の日……）

（春の日の跳躍台に立っている
空の高嶺　山の迂路　松の緑は連なり
白い衣が真昼の庭先をおおっている
野いちごの茂みに下吹く風　巣穴から人群れる息吹き
（怖くて見つめられぬ、）真昼は収縮する
ぼうとひろがる、
ぼうとひろがる、
軒下に《時間》の結び目が
エニシダの枝の細さをつのらせ伸びてよりそう
身を預けるほどに　その穂先を紡ぐ

時間は漂流物となって対流する
人は家の中で暗中模索し
進歩と向上を目指し、体は痛む
わたしたちは地上の気息、
水の歩調から剝がれ落ちている
ふいに家々の扉から抜け出てゆくホモサピエンス！
ふみ迷っているひとつの体、ひとつの名前
巨大な流れ星が墜ちる
もちろんその音は聞こえない、
それは別名『私は在る』ものの固有名である
行く春の　中間の扉は開いたままだ
激しい風の予兆がして
一頭のロバが庭先にやってくる〕

〔美しい一日〕

夏の体

肌に震える汗が闊達な肉体にひそむ虚無を纏うように海風をいだき、遠い記憶の輪郭に雫の境界をつくった。〔いつか、どこかに、わたしは、いただろう、〕興奮的なコニー・アイランド、火山の下のワイコロア・ビーチ、靄にかすむ氷見線の雨晴海岸。地図の上の海緑色のパラダイス。響き打つ強勢音、濃密な地名。頭蓋に張りつく不動性の大地で頭脳の迷宮は全開し、パノラマ模様を締め括る。配置された世界の終わりの、退屈で長大な夕暮れ。高性能な《郷愁》――たったひとつ心の奥底に残されたわが人間的な陶酔によって夏の一日が翻る。身体感覚は逃れようとする無関心を引き裂き、波頭の白さがけだるく肉体を脅かす、すばやい記憶の立脚点――〔しかとこの手でふれて、〕そこは肉体を補完する純粋な存在意識の触手の魅惑。永遠の一呼吸、吐息が洩れると新しい息吹きは途方にくれ、行き場のない無関心をいま一度強迫した。〔わたしの、からだが、あっただろう、〕からん、からん。無人の窓々や扉の軋む音が海風を追って、不機嫌な稲妻の高鳴りの中に迷い込み、呼ぶ声、人影に寄り添い、足音の連なりが心を奪う。われら一族の、混合族の長くて深い墓地跡へと続き、そこへ閉じ込めんとする名の高まり。季節が変わるごとに死者たちの片眼鏡は置き忘れられ、骨は透け貝となり砂に溶け、光る夜に草木の背後に立ち騒ぐ夢を放出する。無差別に突如やってくる死の魂。その無頓着な自然性に身を委ねていた夏の全生命は滴る肉体を誇示し、抗い、やさしい波風にのって回遊しはじめる。完璧な一日。まだ見ぬ、さらなる深い日没の、しかし果たして〔わたしの、からだと、よべるだろうか、〕行き暮れる夏。そこはまだ恐ろしいほど正気の、無邪気なまま無意識に点在する郷愁、倦怠。夏の体があった。

そこにいた

〔ワタシハ、ソコニ、イタダロウ、〕私とは？　そこ？　存在する？　夏の汗がひと雫、気分を転換する。〔ワタシハ、ソコニ、イナケレバ、ナラナイダロウ、〕そこ？　ならない？　美しい一日を感じるための《日没》。海辺の光景は進んでゆく。古典的な石版画の海。魂の重々しい試練に不安は増幅した。夏の体と合体するため、自然に溶け込むために『私』を目論んではならない。目を上げるといまだ時は過ぎ去っていなかった。太陽は高々と光を打ち鳴らし、痛みを残し、悲しみを誘い、喜びに疲れた重い身体にわたしは遭遇した。〔ワタシハ、ドコニ、イタイノダロウ、〕まだ肉体を捨ててはならない。そう〔ワタシハ、ドコカニ、イナケレバナラナイ、〕聖なる大地、海中、火山の麓、二重窓の家、浮橋、わが廃屋を渦巻きながら、全速力の時間と緩慢な死を横切ってもたらされる『私』の宙吊り——繰り出される生の理由がつぎつぎ『私』を見捨てる。『私』は生きる口実を一冊の美しい書物になぞらえる。恐ろしい虚空をひらく書物。言葉の掟。〔『私』ハ、一冊ノ美シイ書物ダロウカ、〕いやまだ肉体を捨ててはならない。汗は肉体が幾重にも重なり合わぬ前の、わたしの名、夏の体を救援する。〔ワタシハ、エラバナケレバナラナイ、〕一個の肉体、一個の『私』、ひとつの場所、ひとつの名前は鼓動する。ひとつの掟がここにある。夏も終わりに近い無人の浜辺。〔ワタシハ、ソコニ、イタ、〕と囁く声がした。コニー・アイランドで、ワイコロア・ビーチで雨晴海岸で泳ぎ疲れ、半身を起こした夏の体を抱きかかえる『私』。野生化した、広大無辺の夏の日没。万有の力がそこにだけ陰って記憶をのこし、光は窪んだ。わたしはそこにいた、瞬間一筋の痙攣が起こり、――ひと声「夏は気持ちいいですね。」

朝の窓

時が過ぎ去った後で、光に焦がれて身を起こした体は無縁の大きさを追った。脈打つ心臓、眠る人である彼女はひとつの幻覚にとらわれた。そこは無と名づけられて息づく〔美しい一日〕。しかし美しいという感情が生じるとすれば、それは滅びと救済に通じている。忘れていたゆっくりした呼吸法で十字窓に寄りそうと、神々の息吹きが一日のうえにさらなる一日を解き放った。恐怖と安堵が入り混じる。これが滅びの瞬間だろう、と彼女は思った。朝の海に向かい立つと、無援の背後から自由自在に溶解し合体する水や岩、木々や光の一切が拘束や掟を解かれて、静寂を湛えていた。符牒の何もない全視界。視界を拒む視界が収縮する。手を差し出すと、窓に垂れる闇の眩暈が重さを引き摺り、ここで滅びの瞬間を白日化する。もはや何事も過ぎ去り、月は白球となってこなごなに砕けた。彼女は最後の一断片となり、無窮の一日を過ごした。一生涯を通過することは困難だったから、目を上げてバルコニーから手を差し出した。不意をつくかなしみ――それはわれら人間の見張番であるような神の支配から逃れるように、守られるように死の身振りを超えた。そこは定かならぬ羨望の、傲慢と孤独の異常に敏速な到来と分解。しかしそれとて眠りを基本とする生態系の夢の一部にすぎない、と彼女は思った。「わたしはまだ存在している」。死とのはじめての邂逅――夏の体の一部に窓からの眺めが朝の雫をいつまでも沈澱させていた。

〔ユニオ・ミスティカ〕

午後の浅い眠りから覚めて窓から外を眺めると、執拗に膨張し続ける球体が謎めいて近づいてきた。かたわらでは降りそそぐ月の光が古く凍りついた地球を照らし出した。窓といっても長い歩廊と庇に囲まれて、無窮の跳躍台のようにそそり立っていた。連続性と瞬間の接触点は鼓動にみち、あたりはクローバーの香りがした。名づけようのない新球体は地球と左右対称の自然の地形をあらわし、昼と夜の最後の輝きにふるえ、日没の黄色い太陽に似て、この部屋を射抜いてきた。

わたしはまるで二人の人間になったようだった。〔現在進行形人と完全過去人〕。地球にいるわたしと二次的球体のここ、鏡の園。さらにもう一人。誰かがわたしのことを考えていた。いつも新しい一日のはじまりは偶然のものだったのだろう。それは現実へのひそかな侵入方法だった。月の光が時間の外へ逃れると、無辺の黒青色の帳が襞状にゆれて地球を包み込んで遠ざけた。わたしはそこで日々生き生きと老いていったが、偶然の出来事に身をゆだねてここにも存在した。

推測の地平だった。ここは古くも新しくもない、人間的な名残りが無言の音と重なった青い時間の溜まりだった。住み慣れた東京郊外の集合住宅や通り過ぎる多摩線、乞田川沿いの桜もトヨタの看板に群がる人の影もそっくりそのまま、意思の欠如した物体のように移ってきた。ここでは人のさまざまな未遂に終わった夢が剝き出された。何事も救いを求めていなかった。無益で干からび、空無なひんやりとした名残り。悲惨でも幸運でもなかった。それでも夜の香りは懐かしかった。わたしはゆっくりと歩いた。無限空間なのか、それとも密閉されているのか、平面の夢を滑り落ちる質量感は孤独で、おだやかに過去を溯る速さに身震いした。私はただ見ていた。何もなかった。ふと、手は物語る、とはいつの時代の夢だったろうと、頭をかすめた。無性に本を読みたいと思った。なぜならそれだけが引き裂かれたわたしの自己感を導き出すように思われた。単純で普遍なる固有名詞、わたしの名よと、ざらざらと舌が動いたが、名前は出てこない。ここは自分を消失する世界なのだ。被膜を剝がすように慎重に偶然性を排してゆけば、張り詰めた虚無を覗くことができるのだろうか、と期待した。

気がつくと手はしっとりと濡れていた。大地と雨の匂いはとても気持ちがよかった。テーブルが置かれ、周りに熱い視線が散らばり、食べたり飲んだり踊ったり、泣いたり喚いたり、カーニバルの夜のようだった。誰かがわたしのことを見ていた。あまりの嬉しさに、そのことを運命のように感じた。時間の遺跡は完璧だった。重なり合って存在する一日からつぎの一日の営みを解き放して場面は育まれた。こうしていつも運命とは偶然のものだったのだ。出来事は起こらない、時間や場所や人格がひろがるように、そこから運命を引き出す。それが出来事だった。

雨に濡れた野をわたって張り渡された結び目がひとつ、ふたつ光っている。地球との高まる対称性が折り重なる。「もう長い間こうして瞑黙しているんだ」と時間の溜まりの棕櫚の林から声がした。その声はまるで客間にかかった壁絵の目のように見え、暗黒大陸の輪郭がゆるむような、またそれは遠近法や四隅をすり抜け、といって円環を回らず、反復と平面性に基づいた透明な響きだった。ときにその声は敏捷に人の生気と記憶を吸い取って、形なく、理由なく、過去を育んだ。すでにわたしの目に視界は消え、頭の中に長く伸びた感情のようなものがあった。偶然性を捲ること、偶然性の収斂。ある予兆がして――〔ユニオ・ミスティカ〕と響いた。それは言葉ではなく、音でなく、ただ粉のような突起と陥没による交信力で、空間的な広がりがふるえていたにすぎなかった。「もう何もする必要がないんだ」と声は閃光に変わった。「ところで、あなたは一体何者?」

平面状に時間が球のように溜まっている。わたしは虚無の中にいるのか、誰かがわたしの額をなでている。

過去という無限へ、名指された冬の陽射しが投げ込まれた。ここは過去が息吹きだった。わたしの息吹きは親密に人類の過去を受け継いだ。「さて、これからだ」。はためくように溜まった時間に存在意思が蠢いた。その声はわたしではなかった。ここの時間は無時間を投影する生態観察の装置だった。わたしに口はなかった。誰かがわたしの口をついている。わたしはすでにわたしでなかった。誰かがわたしを引用していた。ふとひとつの呼び名が名乗りをあげた。〔ｋｕｒａｔａ　ｈｉｗａｋｏ〕。わたしのものではあるその名は一体何なのか。地球で老いながら生きている黒々とした必要のなかったその名とは何のことだったのか。迷宮族の特徴の寒天質の目の青さに生命の泉は漲り、わたしは考えようとした。しかし頭がなかった。誰かがわたしのことを思い出し、考えていた。わたしの名前がないことと、世界の不在は同じで、わたしはぶよぶよした膨大な無意識だった。いや、わたしは無意識にふれ得たにすぎないのだろうか。わたしはわたしの名を知りたくて、時間の溜まりの長い歩廊を歩き続けた。連続性と瞬間の接触点、閾。鏡面へいっさいの言葉を投げ込んだ。「破滅か、救済か」。わたしはわたしの不在を見た。

目が覚めると、雪が降っていた。窓の外の人々は生きるためにここに集まってきた。窓辺でわたしは名前を呼ばれて、無意識に、はい、と答えて出ていった。わたしの名前が明かされた。高揚の瞬間、自足した。誰かがわたしの中に溶け込んだ。〔ユニオ・ミスティカ〕。解体－邂逅。恐怖などなかった。内なる悦びがわいた。わたしはほんとうはずっと〔倉田比羽子〕になりたかったのだ。

（セント・マリア……）

（セント・マリア高原で
その名は眠りの中をさまよい歩く
何を呼ぶでなく、高い声はセルロイド膜の春の空を秘密
にする
深いまどろみに誘われ、大きな眼差しは泣き叫び
アルコール漬けの、模型球が飛び交う空の標本台から
二つ、三つ言葉が落ちて読まれる

人の夢のような書記法で
「何を見つけたの？」
柔らかな扉を突き抜けて
花咲く野づらをたずねてゆく
「帰ってゆくみたいだね」
わたしはわたしの生をいま一度思い出し
時間の無感覚に手を差し入れた
「あの生き生きとした気持ちの悪さ、覚えている？」
わたしは単純な存在となって
春の寒さの中を歩いている気がした
わたしが何かに到達するとしたら
それは沈黙することに到達する
木々も水も群がって長い嗚咽は緊張する
それからわたしはようやくわたしの名を口にして
眠りから出てくる物質に呼びかける
春の日のレプリカントよ
懐かしいわたしの名が心を湧き立たせる
どこへゆきたいの？
あっちの空白。）

（『カーニバル』一九九八年書肆山田刊）

(「私」に先立つもののために)

*

――塞がれた耳もとで野面は無情に羽ばたき
閉じた瞼の下で緑木は成長する
神のみわざの迷いを混淆する青空に追放して
私は美しい文章の一行になる
それから口をあけた自筆の名を破り捨て
ヌルリ、と
横っ飛びに一気に舞い降りた

ほら、四十億年前のここにきて見てごらんよ
誰もなにも私がここにいることを知らない
でもこうして黒い光の襞にまぎれ込むと、どうしていまここにざわめいているのかがよくわかってくる

生きた粒子たちがなんともうまくかみ合って、海中や地表を覗き込んで泣き叫んでいるだろう
腕や足、首を伸ばし目はあいて頭一つ抱えて考え込んでいる
なんだかおしゃべりしているふうにも見えるよ
そこでなにか暗号の一つを選びたまえ、と啓示を受けたとしよう
なにから？　そう、神の名が好きでないなら、《母親たち》と言い換えてもいいよ
未曾有の一粒のなかで密会が行なわれた
無作為に突然変異の物質がかみ合ってね——あの破れた偶然を私たちは手に入れたんだ
自分を複製できる還元物質が名乗りをあげた日
無理を承知で私たちはふるい立って、憂鬱な心を持つ存在にわなわなと枝分かれしていった
後から後から瞑想する鯨、犇く亀の列、牛馬やカナリアの大群が期待いっぱいに追っかけては落ちてきてね
それはまるで充足した悲鳴のように、それとも息を吹き返してと言うべきだろうか
物語の序章は掻き消され、隠された下書きは幾度も書き換えられて、理想的な宇宙生命解剖図の説明書が添えられていたと言うよ

途上、私は立ち往生し、気弱な唯物論者から送られてきた一通の手紙を読んだ
——仮面を被った生命なきものが生ある世界を造り上げたやもしれぬ
きみの誕生は不器用な指先一つの迷いが生んだ偶然と言うこともできる
渇望する《母親たち》の儚い夢をゆるしたまえ！
なんでもゆるされる不完全な欲望だったのだ

生真面目な唯物論者はさらに明白な一つの矛盾を明らかにしていた
生命なきものの完全な力を感じるには生あるものの不完全な魂の比喩が不可欠であると言う
世界は不完全な「水準器」におさまっていると言うのだ
われら偶然の落し子には驚くべき未熟な魂が用意されていなければならなかった
偶然がつぎつぎに破壊され腐蝕する時代になると、私たちは手に入れた生命の維持を一義とするこの世界のことを後悔しはじめた
謂れなき悲しい真理が生命にこめられる、それは規律ある社会秩序の副読本となって巷にあふれ出ていった

夜の埠頭に灯がともり、名づけられた月明かりは雫をたたえ、誰もがみんなここで手をつないで踊っている
夏の終わりの白雲が流れてきて私はふと我に返った
生命なきものが叫び続け、わめき続ける現代を生き延びているにはわけがあるにちがいない
あのとき生きた粒子だった私は時間の外に君臨する数多の《母親たち》の手によって、
並べ方をひょいと切り離されまたつながれて、すっかり変わった反復の世界へ出てしまったのだ
だから誰もなにも私がここにいることを知らない、関係がない
でも私の面影を近くに感じてここは言いようもなくあたたかい、親しみ深い、
規則正しい肉体を折りたたみ、ソファーにくつろぎ、青い額縁におさまってしずかに微笑している
縁取られる夜の輪郭に移ってゆく面影、秩序ある謂れなき悲しみがしぶきとなって高まった
いま私は「私」に先立つもののためにここにいようとして出口を失い、私語する一切の《母親たち》の先を歩いてゆくことにする

そのとき悲しみだけが私を見て、ほらついには笑い出すんだ

**

芽吹きの春を過ぎるとめぐる季節は急速に求心力を弱める
野放図な野蔓の枝に歌声は反旗を降ろし、地表に種を落とす夜の野に時代の陰謀はその身ぶりを大きくひろげる、強制する
人びとの野太い背骨は棒杭となって一時代をつなぐ川の足桁にそそり立った
一日一日深部へ伸長してゆく都市の地下抗で大地は真ん中から埋もれていった
世界の目は冷厳で無表情に名指しして私を取り囲んだ、私に知らされることはなにもなかった
かつて煌めく緑野の、たわむ枝先に吊るされた道しるべは押し流され、無人都市の家の窓越しで私は一途に夜が明けるのを待っている
人間的なものが弱点をさらけ出した街は郷愁にみち、人びとは自分の身の上に起こったことを思い出そうとして気が変になり、
角のショーウインドーに陳列された精神の模造品が夕日に透けて動き出す
人間の支配力は非業の死を待ち望んでいる
それでも生き延びた街は至福にみちていた
前方とか明日は街を囲う壁の奥に押し込められて塗り潰された
人為や真理、思弁に倦んだ私は後方からの見知らぬ光に遅延をうながし、

悪意や不条理の言い分にまみれながら荒蕪な見知らぬ土地に行き先を変えた
（もちろん私には見えなかったが、）「私」に先立つものが手を差し延べて案内すると言う
無量の扉が背後から私を締め出した、そのとき世界は熱い目で私を見返したが、こんどは私が無表情だった
廃道へ続く陽だまりに頬をすり寄せ、わき出ずる泉の水に手を差し入れる、月の夜はうさぎの影を踏んで踊った
またある夕暮れは麓の西の斜面に自分の影を敷いて眠った
あまりにも生き過ぎた私は大切な悲しみのもとを思い出そうとして、忘れられた故郷を描いた庭先に薄い身を横たえると、
欲望にあふれた世界の目が「私」に先立つものを追いかけて急いでゆくのが見えた
「私」に先立つものが私について考えていることがわかってきた、実感できた
私に必要なのは「私」に先立つもののためにありきたりな時間を生きることだ
眠り過ぎた肉体の形跡はあつく重なり、描かれた故郷の静寂になじんで受け容れられる
ああ、いまにも口から美しい、懐かしい言葉が飛び出しそうだったよ、だが信じていない言葉を吐き出すわけにはいかなかった
なにしろ私の口は悲しみを失った精神の模造品だったのだ

黒い入口——今日ここではプログラムされた痛苦な声が歌いはじめる
（歌うな！）と私は言いたかったが、
めぐる季節の災禍はめぐり、人間の支配下で人は生きて死んだ
好んで引用された人間生活の原則——朝の水汲みは手引書より持ち出され、福音の実習書が悲しみの名残りをとどめ

ている
沿道で誰もが手をつないで愛しい顔を見送った最初の日、歌声はあふれてみんな頂上に立った気分だった
世界は絶対的存在で、場面はつねに捏造された実習書におさまった
人間の支配力は亀裂の入った壁のなかを右往左往し、無残な姿を壁の外にさらしはじめる時代がやってきた
それでもつぎの日街は凱旋の歓声にわき返った

――さあ、行こうと私は呼びかけた
私が呼びかけたので、「私」に先立つものが一緒に黒い入口を覗き込んでいるのがわかった
私はどこにいる？　遠鳴りがした、坂道の途中の毀れた生家から雨が降ってきた
それが事実だったかどうか、わからない
これが模造人間の特性だった

＊＊＊

地面を這うようにして乾いた下風は素手で春の残骸を伝え残していった
吹き払われることのなかった私の一生は持続していたが、私は救命具を付けずに時代の断片を生き延びた
生き延びるとは残された春の残骸を自分の浮標にくくり付けることに等しい
四丁目の角にひそやかな伝言は頭もろとも木っ端微塵に吹っ飛び、砕け散った噴水のある中庭で私は胴体を生かして
小躍りし歌った
黒い染みとなった歌声は板塀に貼り付いて一夜の訣れを告げる、明けた朝は出立に先立って漕ぎ出した春の声に涙ぐ

むことを憶えた
あさい春のやわらかな眠りはただよい、強いられた夢の底に星々が沈んで人びとの悲しみが溶け出した
そのとき私は、ここにいて人びとの悲しみの生命が眠っていることを知らされた
私の悲しみは人びとの悲しみが失われることとの恐れだったが、
だから私はただ悲しむために悲しみに圧された人間となって悲しみの理由をわけもなく言葉にした
生き延びるために拵えられた悲しみの残骸が白い歯を剝き出しにしてふるえている
洞窟から洞窟を逃げ回ってこの日に突然年老いても、なんのためなのかという問いはいつも頭から若々しい声をしぼりあげている
悲しみが火を噴くのは荒ぶる「詩」の反逆に他ならないと言い張ったのは、生き延びる私の言葉が容赦なく現実にぴかぴか老いてゆき、
悲しみは春の一断片と区別のつかなくなった詩に先んじて捨て置かれるからだった
問われるべき詩に縋りつく言葉は金縛りに遭い、直截にそのものを「とっ!」と発して捨て置かれ、
名づけようもない郷愁にせき立てられて春の悲しみは謎解きのように語られるはずだったが、
議論の余地を残したまま、人びとは心の底から春の匂いを嗅ぎ取って「とっ!」と地面に落とした
風は素手で春を伝えようと、私はその言葉を口に出そうとして言葉ゆえに詩を疑い書きそびれてしまった
本来問われるべき私の詩は春の残骸を生き延びた四丁目の角に戻らなければならなかった
いま春は――私がどこにいようと、ここで死んでいようと、街の真ん中に世界は存在し、草地は緑やわらかく、空は夜を回り、
この一歩先になにが起ころうと、やがて人びとは毀れた建物のなかに入って春の眠りを乞うだろう

それからにぎわう水の市の入口でひとかたまりになって無力を鼓舞する悲しみの嗚咽をあげるにちがいない
あらゆる解釈も弁明も理解や証明をこえて、人は万物を生んできた水の記憶を諳んじてゆくにちがいない
人びとは日々の安息と孤独と困難に規律を正し、海を渡り、野山を越え、街を徘徊し、そして断片を生き延びる
知らぬ間になにかがやってくる、災難がやってくる、大きな災難は最後の一歩を歩いている
春の断片を右往左往する人びとの生き延びる魂が一歩先を歩いている

締め出された春の光の列に連なり、風に吹き払われると私は出てゆくつぎの道を見失う
小高い丘にうち並ぶ墓標に親しみ、掘り起こされた文字はなにごとも記すことのかなわなかった水の面を映し出した
明るくまばゆい記憶を重ねた水の層に分け入り春の地をたどってゆく
高所から背戸の竹藪へ、裏道から大道へ、幾時代に渡って書き継がれた物語は一筋に伸びて八つの尾根を飛び回る
私は有磯の浜を泳ぎつたって記憶の家、家々をたずね歩き、
簡潔な呼び名にふさわしい脇道の先々で、真昼の夢の躓きの中途で、跳ねた夜の雲の間で呼び続けた
手足にからまる水草の蔓の根の下に、一枚一枚、心に嵌め込まれた愛しいモンタージュ写真を目にした
抜き取られた魂が生命の尽きた漆黒の海底に転がっている
今日も弛緩した悲しみが悲しみに追われた私の心を奪う
塩の風がうなっている、そこに縋って人間の手にゆだねられた母の死んだ理由を水の市で聞きつけると、
水を射る私の生が生き延びる理由を、市の入口の扉が誰かの手によって開閉する理由に重ねて考えた
一波一波、魂がネジを巻く空所から流れ込んで生命を施し、みち足りた人型を落としているのは内気な物質の沈黙と
言うものだろうか

その生命はすでに部分的であり、人間である声を封じて夜のうちに四丁目の角が伸張するのを見ている
野望が落ちて風車が回り、力をこめる頭部からさっと時間の隙間が歴史を八つ裂きにして煙を吐いている
そこへ――一蹴り踏み込め！
一日の夕日が落ち、砂浜で誰彼の面影が喚声で色づきはじめる
私は、人類が地上と水中を行き来する水生類人猿の進化の途中だったことを思い出していた
長い間未分化の正気を生き延びて、人びとはなにを話し合ってきたのか、水の面に立って生と死の両岸からどんな言葉をかけ合ってきたのか
なにものにも置き換えることのかなわない一つひとつの魂が地境から水際へ長蛇のごとくさらされていた
その魂は笑っている！
魂の声は水の市に足跡を残し、それから一番高い建築物から歩きはじめる
しかし明日になればつぎの瞬間には全ては瓦解する塔の天辺で夕闇の赤い雨が降り続く
つぎの瞬間には月夜の道で私は懐かしい母のうぶ声を聞くことだろう
つぎの瞬間、母なるものの息吹きはすべての人に新しい亡霊のようにやってくる
その魂は笑っている！

＊＊＊＊

雪解けの無垢の季節に訣れを告げ、息づまるほど郷愁にみちた長い道の果てに夜陰は湿気を呼び覚ました
時を忘れて帰りついたものの、橋に砦、塀、門、戸口、敷居など仕切りのない一面の海緑色の地に入ってゆくのは難しい

目の先に水平線を引き入れて七色の虹の架かる充分な午後に海をひろげては、人ひとり呑み込みそうな波の腕を揺さぶった
湿った天幕が降りてきた、濡れた夜の面を叩いて入口を乞うと、静まる波音は耳に落とした波紋を小石のように拾っている
ふと囁きかわす泣き声が、うごめき惑う笑い声がしのび寄ってきて、なにものかによって記憶が刻まれる
（ああ、泳いでいるね、ああして泳いで再生するのだね）
囁く人の声に導かれて私も泳ぎに身を任せるが、空はいまだ暁闇の底に溶け込んで青黒い
前進！　号令を合図にいっせいに時は打たれたものの、歎きの声に手足を取られて私は入る場所を拒まれている
噴き上がった火の玉と一丸となって岩地に投げ捨てられ血だらけになると、住みついた地上の記憶は急速に冷却しはじめた
見捨てられて久しい私は防腐剤を施され凍結した存在になったか、とすれば私はもともとなにものだったのだろうよ
今日の痕跡の痛々しい感じ方からすれば、たぶん私は一つの冷却時代の低地に住んでいる
高地はうなって荒れ狂う風の音を巻いて、また別の人だかりが輪を描いて台座にくくり付けられている
（ああ、座っているね、ああして座って再生するのだね）
聖なる高地に別の法則が生まれる、ここ一面の緑の地を前に出口のない現在は明日の注ぎ口に大挙して流し込まれる
過去へ逃げ延びた私たちは始まりと終わりに、生と死に半身をくぐらせ踏み込むと高い階《きざはし》から投げ込まれる
なにものかによって再生した記憶は「言葉」となって入口の道理をもとめている
言葉は言う――心臓の鼓動のように生き生きした記憶を信じてはいけないよ
継起した記憶は淘汰され、規律ある言葉によってのみ私は拒否される「自由」の名にあずかれるというものだ

入口の道理――一面の緑の地で、内部と外部を分断した世界に入るために模範的な枠が配列される、それが「自由」と「秩序」の骨格である
緑の底に懐かしい生家が帰る道を隠して私を拒否する恐ろしいものとしても――堅い枠は「自由」の入口なのだ

この世を生きている私が知りえているわずかなことは、忘れられた私の全てにすぎない
朝から赤い雨が降り出して一切の徴が流れ去ると、どこにいようと私は追い返されることに従順になる
死と繁殖の世界が腐敗の構造であると言えば、私たちの現実はつねに腐敗のもとに投げ返されるだろうし、腐敗する私は恐ろしくはないと言うことができれば、恐ろしいのは家へ帰るために誰かが私の記憶を消しにくることではないだろうか
誰も私の正しい名前を知らなくて、KとかHとか001とか呼ばれるための世界の安全装置に縛られる、それを良しとする
角を曲がると息づまるほど郷愁にみちた「かの国」は名をなくして、堅い枠の入口は「自由」ゆえに開けられたままだ
宙吊りの扇動家の歌声がまだ聞こえる低地に戻ってくると、不明瞭な多くの歌声こそ安全という恐怖のなかで、赤褐色に染まるエンパイア・ステート・ビルディングから降る赤い雨を私は見ていた、記憶とは無分別な発作のようなものだ
そのとき私は仕切りのない一面の緑の地で「自由」のためにニュー・ニューヨークの拍子を打ってみたのだが――それは記憶をなくしたための示威にすぎない

憧憬のもとにさ迷い出て方向感覚を失った私の帰るべき入口に「濃い緑の底にふかく家は沈んでいた」
憧憬はすでに夢遊の終わりを告げる、懐かしい幻影に高まってゆく先々で長い沈黙が私を招いている
待ちこがれた人のやわらかい眼差しで私は「狂児かえる」の詩を読んだ
樫の木で作られた大きな机を前にエンパイア・ステート・ビルディングの黄色い光が差し込み、「狂児かえる」その人は目のくらがりに姿を現わす
「男も息子も夢にあり」女も娘も広場に集まり、一晩中踊り続けて忘れられた死の瞬間まで眠る順番を待っている
「どんな彷徨も夢にあり」まぼろしとなった廃屋に目を凝らすと、一面の緑の地はガラス面のなかに照り返っている
「狂児かえる」その人は家の前に立ち尽くし、入ってはならないという理由に「いつか還ってこないものはない」と応える
揺るぎない故郷を「吹雪のときに去り」、光背に映える「婦」の横顔に「敗れ欺かれた戦士といわず疲れた戦士といい」が応答はなく、
奪われた顔つきで「狂児かえる」その人は拒まれた入口に立って、その理由を考える
「生涯を賭けて夢を消してゆく彷徨はまだ終らないといい」そのとき後続する狂えた私がわが廃屋に帰っていったのを見た
自由をもとめて無執着な石を投げた！　という詩のために——廃屋のなかで沈黙する言葉はなにも言わなくてもただ知っている
「家には老いて狂った婦が坐り」西日のあたる家に閂をかけて、映し出された生き写しの私に合わせて閉じようとしたが、

腐敗し消えてゆく人の世に洪水があふれ出て、いつしか忘れられた一本の葦の木の下に締め出された私を見た
私はただ帰ってゆくことを理由に拒まれた入口に立ち、沈み込んだ一面の緑の地から流出する生のとめどない勢いを受け容れる
それは「狂児かえる」その人の一瞬の息吹きとともに「夜を待った」詩のはじまりだった
夏の一夜、かえった「狂児」はエンパイア・ステート・ビルディングの上空からそっくりの私をじっと見返すのだ

＊括弧内の一部は黒田喜夫の詩「狂児かえる」より

（世界の優しい無関心）

1

ある日遠くのどこかで母が死んだという知らせが届いた
町は薄暮に包まれて貼り出された昨日の影をぼんやり残した
私はいつもと同じここにいて世界をあらためる、今日一日に精を出した
急に五月の雨が降り出し、滅んでいった陰気な西の家からすすり泣く見知らぬ人の明るさが呼び込まれる
とうに忘れてしまった母の名をどんな言葉で書き記そうと、夜ごと痕跡を印字する星の燐光は見知らぬ人を雄弁に語り出す

(憶えがない！　憶えがない！)　いったいそれは私のせいではなかった
長い時間のうちに私たちは陳列された無数の壜のなかで見知らぬ人としてとどめ置かれる
だから突然見知らぬ名で死んだ母が届けられるということも可能だ
それが誰一人憶えのない名だったとは！　だから私たちはいつになってもたった一人になりようもなくて、
母の孤独は脛骨のような壜のなかでカラカラカラッと乾いて落ちた、共鳴した
母よ、死んだ母よ、憶えのないその名が私は懐かしい、だからその名を探し出し私が譲り受けるとしよう
そうすれば憶えのない母についてもう断じて私が知らせを受け取ることはないだろうと思うのだ

成長を忘れた少女の臆病な目が雨に濡れて怯えている
「背戸で倒れていたんだって」——「とっくに意識はなかったらしいよ」——「死ぬの？　ねぇ、死ぬってほんとう？」
見知らぬ人の明るさが五月の陰気な雨に震動して声は生き生きと身を置いて韻律に入り込む
その年はじめての「詩」の空白に小鳥たちがさざめき、母の死を生きる道理に換えて私の業は伸長し生き延びた
以来書かれることのなかった筋書きに未熟な運命はうわ言のように年月をつぶやき、庭木の繁殖力そのままに根を張り生き延びた
家の窓という窓から無花果の枝、枝々、ついばむ鴉の口、口々に磁力のような声の繁みがからまって誘い出す
(おお、死ぬことができるよう、死ぬことができるよう)
(誰の声？)——たとえ私が死に急ぐことを願ったとしても、ふりきって、ふりきって、
いっとき突出した死の誘惑は私の生の実績に臆して諦めかける、本質的な命運を解き明かして対抗する
だから私はしばしば手のなかで息を凝らす母の死を濫用する、吹聴する

死はいったん言葉を離れると、生の衝動によって新しい軌道で身を焦がす
そうであるならいま一度私は死にゆく人びとの列に加わるために、ふりきって、一丸となって身を擦り合わせる
もうすぐ誰もいなくなる、順次誰もいなくなることを履行すると、身を寄せ合う暗い洞窟で生き延びる私たちは前方
しか見ることができない
後方から照らし出された火の光が心の奥底を貫通して、通り抜けてゆくのは光の業だけだ
伏目がちに見る形のよい世界は目の前で縫い込められ、麻布と木と土で作られた手のなかに私は母の死をかくまう
（おお、泣くがいい、泣くがいい）少女の臆病な目が雨に濡れて怯えている
その日が突然やってきて私が死んだとしても、ここではなにか別のものとして葬られるだろう
私が死んだ年の韻律が夜の虹に腰掛ける、誰もが歌い出し、孵化する夕べにまぎれ込むのは自然の道理だ
だから母であり私である似姿の交換には擦過と同意と弁明が必要とされる
晴れ晴れと、混沌として、私は明日を見通す母の強い意思に同意する
このとき以来、私が死んだとしても母が死んだという知らせが届けられる

*

「きょう、ママンが死んだ」とはじまる不運な異国語の物語を読んだ
いつかどこかで私が死んだという知らせが届いた
使い馴らした異国語は幻影のような音調を払い落としたので、ママンが誰でも死んだ母でも私でも実体は同じだった
いつかどこかで死んだ私にとって、「…(言葉)」を通して顕現する大切なもの《美しい一行》、それは私の母であって母なるものに再
構成されなかった

今日、人は自分から遠く離れて生まれるという母の伝言だけを信じた
自分から遠く離れた私にとって、死に急いだ〈ゆるされてある存在〉のムルソーは正しい認識だったが、
ムルソーの手は浜辺で正当な〈ゆるされてある存在〉を切り捨てた
あとわずか太陽と汗が沈黙していれば、ムルソーのひきつった手から「ピストル」が落ち、「銃尾」の「腹にさわ」る
ことなく、「四たび撃ちこ」むことなく、
「水のつぶやきをききたいと思」うムルソーは真昼の砂浜に倒れ込んだにちがいなかった
ゆるされた存在としてムルソーの無為は「不幸の扉をたた」く「四つの短い音」を聞くこともなく成就されたにちが
いなかった
あの夜明けに行なわれる「来るべきあの死について」、幸福感にみたされることはなかっただろう
自分から遠く離れて生きる私は、母であり、ママンであり、ムルソーである〈ゆるされてある存在〉の私自身を解き
明かすよう太陽に懇願し、
ある日いきなり、〈ゆるされてある存在〉が解かれる怯えと危機を待ち望む荒蕪な日々に追い込まれた
ムルソーは「まだやってこない年月を通じて」世界を拒絶した、そのとき世界は死刑囚ムルソーがママンの死に涙し
なかったことを罪にした
司祭は「なぜ私の面会を拒否するのですか?」――「神を信じていないのだと答えた」ムルソーは私の生きる期待を
裏切らなかった
だから〈ゆるされてある存在〉は私の〈媒体〉で、いつかどこかで死んだ母だったか、ママンだったか、
それはいつか同じようにして死んだ私でも、死刑囚ムルソーでもよかったのだ
「あの大きな憤怒が、私の罪を洗い清め、希望をすべて空にして了ったかのよう」なムルソーの幸福は私の生きる可能

性だった
私は盗んだ言葉で「一切が成就され」たムルソーの処刑の日に出かけて、「大勢の見物人」の一人になって「憎悪の叫びをあげ」ることにした
それからいつもと同じここにいて、ムルソーが望んだ解放と等しく、「はじめて、世界の優しい無関心に、心をひらいた」生き返ったムルソーを見た
ムルソーは「精魂つき」た表情をして窓から流れる雲を見ていた、なにごとも起こらなかった、なにごともだ
「ほんとうに久し振りで、私はママンのことを思った」ムルソーは、最後に大審問官の足に接吻するあの沈黙の人を思い出していたにちがいない
その日窓から外を眺める私はいまだ〈ゆるされてある存在〉としてムルソーを生き続ける

2

昨日の町が歩みを止めて水の面に浮かんできたのは一時代の一つの兆候だった
踏み潰された町は蜃気楼のように幻影となり、向こう岸に悲しい兆候を表わしつつあった
兆候は目に見えていようと、見えていまいとおかまいなしに不気味な勢いを持った
今日に続くために、昨日の町は尾ひれをなびかせスイスイ行動に移さなければならなかった
今日に続くために、いまここにあって生きよ、そこで死ぬというのが私のもっともらしい生の理由だったが、言い換えれば、かつてそこにあって生きてきたという事実の一枚一枚に不正確な日付けを記すことに等しい
しかし誰もが言うように――「いったいそれがなんの意味があるだろうかね」――「なにもそう取り立てて暗示することもないがね」――「そうそう、そうそう」

人びとは絶え間なくおしゃべりをしながら、古びて人畜無害の神さまを取り替えたり、生け贄を血祭りにあげたり、隣人や家族と口論に終始したりした
一時代の対立や不和の多様性はあっけなくも口がすべった神さまのおしゃべりによって簡単に成立する時代に入った
昨日の町の入口で私の耳に届くのは一方的なおしゃべりだった、不気味な兆候が毎夜毎夜続いた

大きく開け放たれた窓に西日が差し込んできた、私は昨日の町を光に透かして陳列した
陳列品はネジの切れた機械人形に似てコロッ、コロッといびつに転がり、長く西日に溶けた
変わり身の早い町が私の生きた日の現実であったかどうか、運び込まれた今日の束を抱えてやってきた
息のある限りはとにかく今日を生き延びることが規律ある時代の共通認識だったので、私は時代の息を吹き返した
形をなさぬとも昨日の町さえ実在しているならば私たちの戦禍の現実は止揚されもしようと思うのだ
それは誰もが言うように――「平和」に「非戦」、「人道」と「愛」の言葉は使い古され、雨に濡れたボロ布をまとって昨日の町に翻った、取り囲んだ
昨日の町さえ実在しているならばどんな罠に落ちようといまここを生きよと黒ずんだ首を伸ばして私は待っている
なぜなら昨日の町を通って「きょう、ママンが死んだ」日がやってくると言うのだ
私は窓辺に座って西日のなかでいびつな陳列品の修復にいそしんだ

いつしか水の面になにも映らなくなり、巨大な夜のうちに昨日の町と母の死んだ今日が切り離されたとしても、
「永遠」の一日を分断し、水の面にとどまって破壊された一時代を白髪を束ねた手で根元から書き記すことができる
だから昨日の町がある限り、今日、はじめて今日の町にやってきた私は恐怖に陥ることはなかった

ここにあって生きようとすれば、それはすでに死んだ人間として私が昨日の町の住人になれることがわかった
黒い雲が進行してきた、歴史の様相は孤立する昨日の町の息吹きを宿して水の面はにぎわった
水底は見えない深さで進展拡大し、右往左往する星々が円筒の底の世界を身近なものにしていった
大多数の人びとは残されたわずかな西日に段々に並んで遠くからやってくる今日の知らせを待った
麻痺した口をつぐんだまま、西日に溶ける昨日の町の命運を無力な思いで見届けた、信頼した
疲弊する今日の町が書き残されるために言葉の表現が必要であるなら、暗い箱のなかで言葉はつねに生き直すだろう
それは誰もが言うように――「狂気」と「英雄」の時代にあって、大きく呑み込まれてゆく「私」という内面が追いつめられる兆候だった
いや読みまちがえてはいけない、それはすでに内面でなく脈動だった、それは叫び声だった、悲鳴だった
弱々しい煤けた今日の町にあって、私は昨日の町を懐かしんでおそるおそる足踏みしはじめた
いまここにあってからっぽの警告を発することは有効だろうかともぬけの殻となった言葉を手につかんだ
すると圧倒的な言葉の不一致によって、昨日の町の幻像は実像となって勢いづき水の面を巣喰いはじめた

＊

ゆるゆると低くあふれ出した光が揺り籃へ近づいてゆく、生きる不安が今日の町に流れ込んでムルソーは浜辺をさ迷った
上方から太陽が照りつける、下方では汗に濡れて手に「ピストル」があった
熱風が吹き上がり今日の海が霞んで夏の入口は息も絶え絶えだった、太陽はなおも照り続いた
逃れられない太陽のもと一気に走り出したい強い悦びが、先のない逃亡願望をムルソーの存在理由にした

「私は、引金を引くこともできるし、引かないでも済むが、どちらでも同じことだと考えた」ムルソーに「陽のひかりがきらりとすべった」
ムルソーはアラビア人を撃った、そして私は誰を撃ったか憶えがない
この日に読んだムルソーは同じく「私」と言える人間だ、ある日街角で突然手をつかまれ連れて行かれた
つかんだ手とつかまれた手に瞬時に起こった空隙、魂の波動は見分けがたい
この世の道理と不条理に私にはなにが必要で教えられることはなんなのか――執着する誰もが裏切られる神の手を思い浮かべたりしたが、
それは誰もが言うように――「指導者」を見たものがいない、奴はどこへ行ったのだ、奴を探し出せ！
雲隠れした奴と一緒の時代を生き抜くことが大切であるとずっと教えられたムルソーは「ピストル」を握る口実を探した
そして囚われの身にあっても生きてきたことを履行したにすぎないと心を開くだろう
つかまれた私たちは等しく頭を押し並べて太陽を恨んだり、あのとき上着に「ピストル」がなければと願った
夏の背にもたれてママンが死んだ朝と同じ閃光は壁や塀にのし上がっていっせいに夜の闇を引っ張ってくすぶりはじめた
境界のない世界に落ちた私たちはそこで「扉」を立て、火を噴く「ピストル」を抑えきれずに眺めやった
それは誰もが言うように――殺してはならない「全霊」が「四つの短い音」に変わる瞬間だった
人が体験する時間は永遠でないゆえに監視された太陽の妄想に耐え続けたムルソーの「すべてが始まった」発射音だった
発射の轟音は言葉よりはやくやってきて、ここで手をつかまれて連れて行かれるのがわかって涙が流れた

涙は私の内面をすぐに離れた、そのときムルソーは世界を近くに感じて生きる幸福をつかんだのだ

（その瞬間、いったいムルソーは予兆的で因果な「罪」の意識をどう感じたろうか）

巣喰う魂が無関心すぎる世界のなかで、私たちが書き表わすことのできる世界との戦いに「私は存在しない」とムルソーは言っている

ムルソーの苦悩は無情な悦びとなり、「罪」の尺度を計ることは望まなかった

ムルソーが声を大にして言いたかったのは「君と世界の戦いでは、世界に支援せよ」（カフカ）に等しく重なって聞こえてくる

3

「戦争が終わったよ」——壁に押し付けられた小さな裸の町に暗い春を告げる声、声、告げる声を鞄に詰めて私は、雪解けの軒下に顔を出す私は、春の声に誘われ一歩踏み出す

太陽が誘い込んだ四つの島と数百の群島からなる森の国に生まれた私は、眺めのいいはるかな日の丸を目の先に引き入れる

海にあり、山を越え、西に立ち、梢の影を空に描いて谷をくぐり地を耕し、今日もつぎの日も太陽は私の後ろに迫っていた

月の光の下で森の国が悲しげな泣き声を立てているのを聞いて涙した

照らし出された小さな町に鐘が鳴った、迷路の果てにひろがる空地に春の面影を見届けたかどうか、到りついた寒い地に最後の鐘が鳴った

私は小さな町と一つになり、「秩序／服従」から「監視／管理」の時代を生き、一巻の書で成長してきた

言葉《命令》によってある日ふいにどこかへ連れ去られてもふしぎはなかった、言葉は私と世界をつなぐ時代の間隔だった、
熱意だった、警戒せよだった
だから町はずれの浜辺で握りしめた「ピストル」が私にではなく言葉にゆるしを乞うていたのだ
大きく見開かれた幾つもの良心が壁の穴から小さな町の無関心をゆさぶり続けたのは逃げ道さえすぐに塞がれるから
で、
幾時代後もその直後も袋小路に並ぶ家々から「戦争は終わった」口吻は古びて翻った
「終わったんだよ」——「つぎになにがはじまるの?」——「終わりの声、祭礼の日がやってきたんだ」
深い眠りを恐れるように雪解けの雫を鞄に詰めて私は誘惑の声に耳を澄ました
それは風に乗って運ばれてきた終わりの声、笑い声だった、「ほほう、春の声が笑っているね」
急ごしらえの笑いは風に運ばれてきた現実で、誘惑する「神の笑い」が轟く地面の上を私は踏みしめる

断片を生きる私にとって、なにより大事なのは規則的に告げる声の正体を聞き逃さないことだ
断片と断片をつなぐ無抵抗な声、声の振動は密になり質量にまかせて時間通りにやってきた
夏のある日、太陽と塩の匂いがひくくひくく体中に入って私は浜辺にとどまった
背後に迫る太陽は「ピストル」の腹の反射に耐えかね黒くなり、月の光は言葉に書き入れられて奇蹟の魂を失った
「終わったんだ、やっぱり終わったのかね」——おそるおそる黒い太陽を眺めやると、
羽根を持たずに跳ぶ姿が数多の空に浮き上がり、言葉に書き入れられた月は黒い石となって小さな町の橋桁に落ちた
「終わった」橋の真ん中は言葉の本質で、失った魂と世界は分裂に終始したと、告げる声は最後の鐘をカーン、カー
ンとよじ登り、

暗い春にとどまるようにまるで逃げ出した神の目をして私に合図をした
その目は四つの発射音のように炸裂した、なぜか？
――なぜかって、世界から手を引くあの笑いの主はほんとうはなにごとにも無関心だったからだ

＊

あの四つの音、エレメントははじまらない世界を知らせる小さな町で打ち鳴らされた最後の鐘の音に等しい
私はムルソーと一緒に「戦争が終わった」後のはじまらない世界を鞄のなかに覗き込んだ
はじまらない世界は詩で、なにごとも千変万化しながら正体なくおさまっていた、根拠なくおさまった
はじまった世界で殺し、処刑されたムルソーの正当さを宿命と呼ばないようにと言い、私という特権を祈りに換えないと誓った
「もう一つの生活というものをどういう風に考えているのかと尋ね」られ、ムルソーは「この今の人生を想い出すような人生だ。と叫び」生きる限りの規律とした
「同じ世界に属すること」「金持ちになったり、早く泳いだり、形のよい口許になることを希」まないムルソーは、小さな町の告げる声、声に従って、
「はじめて、世界の優しい無関心に、心をひら」きはじめた、その理由を、一切の言葉の先に行きたいと言いたかったのだ、それは詩のはじまりだった
はて、誰にその理由をわかってもらえよう、「同じ世界に属する」いまを生きる私にあっては、理由は問いを帰納することはできない
「憎悪の叫びをあげ」る見物人に迎えられる「処刑の日」のために、司祭は「一切が成就され」るムルソーの望みに向

き合わなければならない
なぜなら「人間の裁きは何でもない、神の裁きが一切だ」、罪のゆるしを与えよう、「反キリストさん」と何度も説得し続けてきたのだ
「罪というものは何だか私にはわからない」「ただ私が罪人だということをひとから教えられただけだ」そうなのだ、「私は罪人であり、私は償いをしている。誰も私にこれ以上を要求することはできないのだ」と言ったムルソーを前に、そのときどのような言葉で「同じ世界に属すること」のゆるしを与えるだろう
たとえば私にあっては「私」という特権を夜の前に投げ出し、はじまらない世界を詩の言葉で生きる、そして死ぬべきと言うだろうか
それとも私が「大きな憤怒」に変貌をとげるとき、世界は「無関心」という「優しさ」を鞄に詰めてはじまらない詩を見返すだろうか

4

黒枠に仕切られた戸口の前に連れ出される、急いてくる気持ちは冷たい雨のようだった
戸口を照らした月明かりが心の底に影を落として、星の光を渡って黒い犬がやってくるのを見届けた
冬の鐘が心を打って、一撃一撃、戸口は開閉したかのようになにかが飛び出してくる勢いを増した
色褪せた戸口の前で黒い犬は不動だった、犬は不測の生き物だった
砂の国を渡ってきた黒鳥がしきりに私の名を呼んでいたのもこの年のことだ
低い空にぐるりぐるり叩くように弧を描き、冬の寛大さがこの世に救いの手を差し伸べることを心に願った
心に描けるものはふるふる青光りして、それ自体が虚の物体で私の中心になった

一方黒い犬や黒鳥の存在が頭を離れなかったのは、不吉なものは遠い昔から人間と結ばれたものの道理だったからだ
名が呼ばれるたびに冬の鐘が鳴り、心は見ているのか聞いているのかわからなかった
いつしか誰もいなくなった空《から》の家の戸口で鐘の音だけが鳴り続けた
いつしか古びて毀れ続ける音に振り返る、どこに連れ出されようとそれはすぐに気配のようなものに変わった
みち足りた気配はこの世の救いのような寛大さで恐れる心を持つ私を包んだ、私を理解した
その年、日々はみちて、呼ばれる名について私をよく知っていたのは、黒い犬と黒鳥がしきりに私の名を呼んでいたからだ

その年、日々の鼓動と律動が私の心に継起して名は呼ばれ続けた
あのころ運動場では躍動する幼い姿が追っかけ合ってはその名をからかっていたし、
溺れそうになった有磯の海の臨海学校で一夜の怖さに見知らぬその名にすがって泣いた
放課後の教室で死んだ母のことを置き去りにすると心は抜け落ちたように大口をあけて泣いた
埋葬の日、雪一色の白さによって人は救われることを憶え込んだ
呼ばれた名を支えにして生きてきたその名について、ずっと後になってそれは待ち続けていた名とわかった
その名は――母でも、ママンでも、ムルソーでも、同じ時間軸に並んだ

その年、冷たい雨は降り続いて心に描けるものは分割され風化し鉱物に変わって固くなった、奇蹟はつねに高所をめざし、
締め出された海底や洞穴や巣穴から黒い犬がやってくることを教えられた

黒い犬は向日性の人間たちが明るい場所や頂上や天国を好むことを知っていた
人間は生きることを生きて学ぶことはないと言うのだ、不測の黒い犬の指示に従えばいいのだ
私はみんなが生きていたあのひと夏を押しひろげた無定形なものへ入っていった
太陽の下で砂の国を渡ってしきりと私の名を呼ぶ黒鳥のもとへ急いだ
いつしか黒鳥の保護色となった私はなぜ名前を呼ばれるのか——そこには二つの理由が考えられた

＊

その年、花吹雪舞う都市の大通りは生きる道理を「正しいことをしている」言葉に埋め尽くされる、報復と歓喜の勝利の旗が振られた
怒声に歓声、口真似にすぎないかけ声は夜を貫き、夜の縁《へり》が巻き上がり、その時代の先へ越境する閾が取り払われていった
映し出された円形広場の底に行き場を失った人びとが列をなして詰め込まれる、私の名も押し込まれた
私は名前を呼ばれたようで一歩前へ進み出た、すると広場を埋め尽くした誰もが一歩前へ出て振り返った
呼ばれる名のもと月下の顔がうりふたつになる広場で、私が誰であるかを知ることはかなわなかった
「正しいことをしている」妙薬の噂がひろがると、いっせいに誰もが群がって名前を呼ばれたがったものだ
呼ばれるために充分な人間がいて、通りのどの角を曲がっても「正しいことをしている」人びとは窓から顔を出し手を振った
その顔はみな同じだった、価値ある歴史の記帳にあって私たちは透明な存在で、馴らされるための叫び声だけが歓喜した

呼ばれた名のもとに、感極まって人びとは空へ突き抜け、地底につぎつぎに身を投じたが、
「正しいことをしていない」私は「潔白を主張する」――ゆえに呼ばれない名について私の「罪」を認めることができるかどうか考えた
黒鳥が私の名を呼ぶ理由の一つは呼ばれる名の拒否にあり、黒い犬が私を呼ばない理由の一つはすでに私の名の受諾にあると言っている
だからその年はたくさんの私の顔に馴れることが必要な年だった、私は馴れた、あれからずいぶんと時間はたって短命な太陽も過ぎた
あの夏の焼けつく太陽に花吹雪舞う大通りは秩序の場所を奪われて凝固し、氷山の下に沈んでいって久しい

戸口の前を行き来しながらその年に読んだ本のことは長く語り継がれていった
あのときムルソーの「世界の優しい無関心」は潔白を主張し、ムルソーの「世界の優しい無関心」は有罪を受け容れる
「これほど世界を自分に近いものと感じ」たムルソーの名は「今なお幸福であることを悟っ」た特別な固有名になった
黒い犬がいまも戸口で影を落としているのを、黒鳥の心に鳴る冬の鐘の音に聞いて、私の名は呼ばれる
呼ばれ続けて、その名を振りきり、誰もいなくなる
呼ばれ続けて、ムルソーをつなげる、ムルソーはムルソーを呼んでいる
私はその名を受け容れる、その名のもとに私を受け容れる

＊一部を除いて括弧内はカミュ『異邦人』（佐藤朔、窪田啓作訳）

（丘の向こう）（抄）

＊

名づけることで規則正しい一夜、千の夜をこえて、名づけることの一形式に人びとは「私」を名乗って世界の隙間からぞろぞろ顔を出した
「どちらからきましたか？」と門番に尋ねられた、私は「丘の向こうから」とは言えなくて、「スキマ《空気孔》！」と言ってしまったので、スキマの国の人になった
スキマの国の人は雪の結晶から生まれ落ちたことを原物質の生まれ変わりのように憶え込んでいた、だから透き通る冬の月を眺めていると、
なんだかふと、正六角形の雪の結晶の足どりを踏んで生きてきたような気がしてひんやりした
「それはスキマではなく、対称性の破れですよ」と門番に諭された、「そこへ行きたいんですが」と言うと、
「で、どれほどの時間ですか？」とまた尋ねられた、つい「正六角形の結晶ほど」と答えて、正六角形が時間のモノサシになった
「本来時間に形はないんですがね、いいですよ、いろいろ駒を動かしてゲームをしてごらんなさい、どんな進化もいずれそこを超越できるでしょう」と微笑む
私を見ると姿、形はずっと変わらないから超越はできないだろうと思うのだ、破れた時間のなかで私はぞろぞろ人間を生み落とすこと以外になにもないのだ
遠い昔に名づけた「故郷」で私を生み落とし、私の死を招いて死に絶えるものを生み落とした

死に絶えるまでみんな生き延びて冬の緩衝地に隔離されると、盲目的に機械的にえんえんと繁殖をはじめた、誰もが
これを「倫理」と言った
いま生まれ落ちた新種だねとも、とうに絶滅してしまったんだと繁殖は続き、雪の結晶はひらひら手のひらに落ちて
消えた
つぎつぎに見捨てられていった繁殖は「言葉」で母の死を知った特別な一夜がえんえんと続いたことと同じだった
あのとき母は時ならぬ死という出来事にどう加担したろう、死にたくはないと感じていたとしたらと考えると、
死が生を下部に配する、生が死を絶対化する、なにもなくなってはじめて死にたくはなかった理由を夕日に並べて私
は母を懐かしんだ
ここに生まれたこともここで死ぬことも盲目的に機械的に繁殖をくり返して消えてゆくのだった
ここと名づけたことで一粒、一粒分割された名は先頭立って口笛を鳴らし、呼ばれる私は「私」を信頼して署名した、
関係した
一方門番にひれ伏して怯える私に「私」でない名も必要だった、その名がどんなものなのか、いまだ私は「私」の名
に執着しないと言う
――〈死の想起か〉、〈不死の回想か〉、それとも〈神へ超脱か〉
以来私は等しく呼吸器をはめ直した、門番と同一に時間内を名づける実のある仕事に精を出した
それは生きて死んでゆく人間になることが唯一の希望だったあの丘の向こうに戻った気分だった
母が死んだ規則正しい一夜、千の夜を数えて脈打つ頭はひとひらひとひら生まれ落ちた
そのうち一夜は一夜で終わり、千の夜につぎつぎに見捨てられた繁殖は洗い清められていった
長夜が続いた、無効となった門の前にすべての媒介を拒んで〈ただ、詩〉が落ちた、はじめての慄きのようだったが、

ギャッ、アッと力を振り絞ったのは誰か
〈ただ、詩〉と名づけたのはあのとき門番の前で言えなかった丘の向こうの、広大無辺な丘の向こうのことはわからないという期待だった
しかし署名とは実直なものである、〈ただ、詩〉に不可欠な言葉の信頼と伝達を標題にして署名した私は磨かれていったが、
私の名によって〈ただ、詩〉は窮屈になるばかりで、歪んだ口の先で損なわれてゆくのがわかった
損なわれるたびに〈ただ、詩〉の足どりは気弱にあてどなく隙間をめぐり、それは署名を消して自己超越し、詩は自由な意思など見つけられないと言うのだ
損なわれるたびに生きて死んでゆくことが唯一の希望だった私に言えるのは、人は「私」という到達しない自分の生を持っていると教えた
だからあのとき門番が「いろいろ駒を動かしてゲームをしてごらんなさい」とありもしない別の場所を見通して微笑を浮かべたのだ
それでも人は生きる、一夜から千の夜をぞろぞろ、ぞろぞろスキマの国の人は善意にみちて、丘の向こうを背後にいよいよ深く降りてゆくのだ

その一夜は朝からの吹雪が静まり、低い屋根の下で足下の世界を生き抜いた人びとの声がみちみちた
虫眼鏡越しに見ると子どもたちは大きくなって死んだ人を囲んで生き延びていた
その子どもの子どもたちだったのかも知れない、破れた足どりを踏んでやはり死んだ人を囲んで死に依存して生き延びた

「死がなかったら、なにごとにも融和はなかったろう」とみんなで言い合った
凝縮された日々の出来事は誰によって伝えられてきたのか、この世の消息とも消尽とも聞こえて、いつ終わるとも知れずに一夜は煌々と明るんだ
あまりにも一夜が明るいので、この子どもたちはスキマの国からやってきたという噂がひろまった
「ヤマトの国からきたといっても、ヤマトの国というのはどこなのかだれも知らない」と同じだった
一夜から千の夜をこえたスキマの国の子どもたちに丘の向こう《ヴィジョン》は見えなく、ここで名づけて一人の子ができ、二人の子ができた
それぞれに名がつけられた、一人の子が大人になり、その子に一人の子ができ、二人となり、四人の女の子ができた
それぞれに名がつけられた、戸籍に登録され、国に管理されて「スキマ」と呼ばれた
スキマの国の人は戦い好きだったので、男の子はよその国の戦いに明けくれ、死んで融和した
またここで名づけて一人の子ができ、さらに二人の子ができ戦いに明けくれ、死んで融和した
スキマの国の人は戦いに疲れ、海を懐かしみ、川をさかのぼり、山を越え、森を切りひらき、土地を耕し、稲を植え、雨に流され、また山を越えた
死んだ母を囲んで生き延びたスキマの国の子はみんな大人になり、低い屋根の下でぞろぞろ人間を生み落とすこと以外になにもなかったので、
母を懐かしみ、またぞろぞろ門の前までやってきた
その日一夜から千の夜と続いた吹雪の季節は終わり月が出ていた、発達した月が明るんだ
「ど、ち、ら、か、ら、き、ま、し、た、か?」鎧戸を閉ざして門番は尋ねた
丘の向こうを想像することができないスキマの国の人は、このとき月を見るために「丘に向って」態勢を転回しなけ

ればならなかった
丘の向こうを望むことは、到達しない自分の生とともに「並ぶ」スキマの国の人の、〈ただ、詩〉を書くための唯一の筋書きだった
それが「私」という想像力が提示した死との融和の物語である
そして一夜から千の夜をこえて門前で待たされ続けるスキマの国の人は、丘の向こうの秘蹟を読み解くことに精を出した

＊「ヤマトの国……」は富岡多恵子『丘に向ってひとは並ぶ』より

＊＊

丘の向こうに夏が過ぎ、足早に秋は冬の軒下まで伸びて、「永遠」の一日は大木の日蔭のすぐそこまできてやすんでいた
スキマの国の人は「永遠」の一日のひそやかな到来には気づかず、千年も二千年もよその国との戦いに明け暮れた
「永遠」の一日は辛抱強く日ごと夜ごとスキマの国の人に文書を配信したが、つぎつぎに死んで融和してゆく時代に言葉などにかまっていられなかったか
文書を読み解いて導く人は誰一人として現われなかった
それでもいつの日か神との融和を信じて、奇蹟の到来は秩序ある言葉によって語り継がれていった
古来スキマの国の人にとって、言葉は人と神をつなぐために、なにごとも身に沿わないことを知っていた
だから一人の人間が現実に生きることは水鏡に映し出された形姿を信じて日々目に見えるもののなかで引き受けられ

た
それにしても目には見えない尊大で沈黙する神の代弁だけがなぜに大声を張り上げていればよかったのか
声の主が誰であろうと生きて死ぬきまりに生の原則をはみ出すものは生まれるべくもなかったが、
千年、二千年、その後もえいえいと続いた戦いの後にスキマの国とよその国に同一の風が吹き荒れた、いっせいに丘に向かって上りはじめた
同一の風の勢いが同じ水鏡のなかで絶頂を迎えるとスキマの国の人もよその国の人もいっぺんに中心を吹き払われた
すべての障碍物が吹き払われて絶頂期は過ぎていった、それからは全体の物語となった
語り継がれるために残されることのない「私」にこだわった絶対性が愛の声となって語られはじめたのだ
それが語られるべく言葉を持たない〈ただ、詩〉となっていって久しい

冬が終わり、春は芽吹きの色をそめて「永遠」の一日は手を伸ばしてきた
波立つ大洋や山麓の溜まり水や湖面に言葉はみちて「永遠」の一日は暗くなって私を待ち伏せていた
なにも見えなくなった私の目は、たぶん誰彼の目と通じ合って言葉で話し合っていたにちがいない
なぜなら私もいっぺんに通り過ぎたあの時代の数多くのうちの一人だったのだから
みんなと一緒に私は運命が変わるたびに、人と神の間をひょいとまたぐように隙間をまたいだ、私と言葉をつないで垂れ下がっている黒い雲を引っ張った
黒い雲の下から「永遠」の一日はどんな救いが起ころうと人は償われることはないと家の窓ガラスを叩いて私を振り起こした
そう思えばいまでもまだ私にまとわりついて離れないのは死にたくはなかった正体不明な母の意思だったし、

いま私はここにいますと言えるのも丘の向こうを眺めて死んだ母の緑色の目に溶け合っていたからだ
いっぺんに通り過ぎたあの時代の一人だった「私」をこえて、償われない千年、二千年の戦いが母の消息によって身を伸ばしてきたのと同じに、
それは千年、二千年を生き延びた言葉によって等しく償うべき「私」を生きさせた
それが語られるべく言葉を持たない〈ただ、詩〉の掟だった、掟は門の前に立っていた

そうして生き延びた私に冬の軒下の物蔭に身をかがめる「永遠」の一日がひろがった
西日の入る玄関先で、私はいったい自分が誰なのかわからず、何度も奥にいる母に声をかけた
声ははじき返された、「ここよ、ここよ」と、一晩中、家のなかに反響した
私は母の声を聞いて奈落の底に引きずり込まれる一抹の恐怖を憶えた
（ほんとうに私の母の声だろうか、いったい母はどんな声をしていたのか、さっぱり憶えがなかった）
今度は「お入りなさい」と声がした
しかし「ここよ」に入ることは、いっぺんに通り過ぎたスキマの国の原則をゆるめることだった
スキマの国は言葉によって規律正しく一人の人間の原則を制していた
私と言葉をつなぐ行ないは――それは「永遠」の一日が転換する世界の蝶番を開けることだったか
開けるとすれば、いっぺんに通り過ぎた人がなだれ込むようにして身を起こすにちがいなかった、脱落してくるにちがいなかった
なぜならみんな自分が誰なのかわからないというめざめに知り尽くした母の声をくり返し聞いていたのだから
おそるおそる「誰か」と私はノックした

「おかあさん」と私が言わなかったので、望まれなかった母は名を持たずに家の口を閉ざして見知らぬ幻影となった
いたるところで泣き叫ぶ母親たちの声が身に迫り、もはや特別な私の母の声を聞き分けることはできなかった
世界の蝶番は「永遠」の一日を前に口をつぐんだまま母の名を置き去りにした
それは丘の向こうを眺めて死んだ、「丘に向って」「並ぶ」スキマの国の母親たちの死との融和の物語だった
等しく私と言葉をつなぐ、始まりと終わりをつなぐ死との融和でもあった
思えば、「永遠」の一日が配信した文書の中身についてスキマの国の誰一人知る由もなかったが、
たぶん千年、二千年におよぶ戦いについて、語り継がれるために言葉それ自身の無垢なるものを私たちに試していたのではないか
なぜなら私が誰であろうと私の名、肉体、言語はいっこうにかまわないんだと言い、
私はその言葉をすべての母親たちに捧げ、残酷にも私の母なるものを退けてしまったのだ
私と言葉をつなぐ行ないは――それはスキマの国にあって、口をつぐんだまま世界の蝶番に手を下すことだったにちがいない

春が夏を奥深く閉じ込める、終息する秋に冬はたたみ込まれて、私はいっぺんに通り過ぎたことを忘れた
丘の向こうがすでになにものかによって片付けられた世界の似姿の、「永遠」の一日だったとしても、もはや、
過ぎてしまった後に忘れられた私になにが残されていると言葉自身は語り続けるだろう

（谷間を歩いている）（抄）

＊

窓の外に安全な世界を眺めることができるのはどんなに仕合わせなことだろう、長い時間のうちに見ることを止めた
暗い目はそう語りかける
光ある大地が国境を越えて放物線を描いて回っていった日、崖下にひろがる沖合いに強制された隊形が整序して影に
入っていった
島の突端の苔むした歩哨塔は幻の木に変わり、分断された水面で羽ばたく黒鳥は最後の夜明けについて神以上に知っ
ていたことも、
堪えようもなく脈打つ母の声が岩蔭から聖句となって聞こえてきて、路上に曝される暗黙の残骸から緑目の私が生ま
れ逃げ出したこともあったね
衆目を引いて木々を伐採し乱獲は横行した、死にゆくものは飢えをしのぎ、全世界を巡回して罰を待っていた日々も
あった
道行く人に手を振って見送るきみの真顔はさみしそうで、無限の慄きを香気を放つ口に出して一条の光を受ける自由
もまだ残されてあったと言うよ
その自由の名ゆえにきみの書いた「正義」の詩は無言の柩のなかに置き忘れられてしまってね、祈りの瞬間にも間に
合わなかったんだ
だからね、言ってもいいかい、祈りなんかクソッくらえ！ってね

するとね、こうも言い返すだろう、神はあるのか、ないのかってね
暗い目は「安全な世界」の天幕を引き上げて、見えない目によって見えてきた「不 - 安全な世界」を対照的に描いて道案内する
世界の中心は地動説によって氷山の下に沈んで、仮想敵国をつくった天使と悪魔が大口あけて一緒に笑っている
世界の中心で道化役者たちが天使と悪魔の役回りを演じて笑っているのが聞こえてくる、ねぇ、一緒に笑わないかってね
夜明け前にやってくる死について考えたこともないと笑っているんだよ、なにしろ奴らは巨大で心底不死身なんだな、
今日も私は、バルコニーに手をかけて窓の外の世界についてからっぽの頭で考えるから、手の重みだけが怯えたように軽いのだ
今日も私は、窓の外の間遠い深みにうごめいているきらびやかな企みをからっぽの手で掬い取ってその笑い声に笑い返してやるんだ
私は安全な世界から「不 - 安全な世界」に木の葉のように踊っている、その顔は世界に巣喰っている「抑圧」にみちていて醜い
抑圧はもっとも人間的な心である、夜の星雲を引き下ろし、道端の砕石で狼煙をあげ、噴火する火の玉の堅牢な内部で爆発する
抑圧は心を残したネアンデルタール人にも、滅ぼしたクロマニヨン人にもあって、断絶した亡骸から交代してやってきたのを日差しのなかに見通すことができた
長い時間のうちに人間たちの欲望、残虐、快楽が安全な世界の抑圧となり、生き生きとして人びとの心の底に下りてゆがめられていって久しい

そのうち笑い過ぎた天使と悪魔は一雫の薄墨色に消えてゆく、なにもなくなる日が今日の私にみちて美しい！

美しさは朽ちて果てる、そうして円形の空も海も地も朽ち果てることがわかって、人はとつぜん一切の居場所を奪われる

ひりひりする気配が窓の外にただよい暗い目は一段、一段おとろえる
鳥影が時間を止めて夕闇の軒下から這い上がり生き残っていることをばたばた知らせにやってくる
白日夢も蟻の行動も冷蔵庫の中身も正気に憑かれ泣きはらした私に従順になにもないことを伝えている
見たこともない爪の先から黒い手が不吉な知らせを持ってくる時代になると、
窓の外に「不‐安全な世界」を愁うる詩が書かれることになり、みんな歌いはじめる、それは占星術や禅問答や布教や内部告発文と一緒に散乱する
誰がなにを書いてもいい粗大な自由はあり、どうぞご勝手に！ 紙切れ一枚、風に吹かれて吹雪に舞っている
吹雪のなかはなにを書いても詩を判読する言葉がなくなり、詩人はうろうろ街中を闊歩することになる
夕暮れ時になると私は街をうろつき回り、雑多なものが入り組んだ世界のドアを押しのける——ショーウインドーはがらんとして、生きた虫一匹走る
世界は赤い雨が降るという一つの都市の構想にみたされる、超高層ビルの天辺から赤い雨は降ってきた
雨は降り続いた、凱旋門から大通りへ、石畳へ、野面へ、水面へ、四丁目の瓦礫から地下水路へ、日付けのない二日目から三日目へ、
骨灰へ、土中へ、未生の胎内へ、雨は傑作を生んだ詩篇に浸み渡って降り続いた
西日に染まったショーウインドーのなかで赤い雨はばらばらになり、そこから見たことのない世界のドアをとっぱら

うのも赤い雨の仕業だったと、
すべては私の目の前を過ぎてゆくのを「自己循環的」な私が見ていたのをずっと後で知ったのも、ただひりひりする肌の気配からだったと、
大仰に世界は行ったり来たり、右往左往をくり返し躊躇しながらブリーカー通りのショーウインドーに生き延びた
私はその場所がとても好きだった、ショーウインドーに走る虫一匹と模造品のコガネムシが所狭しと並んで、世界はコガネムシだけが生き延びたと教えてくれた
世界はコガネムシに加担し、なにを書いても紙切れ一枚の私を捨てたその一枚は走る虫と一緒に地に落ちて燃やされる
だから今日も私はなにを書いてもいい自由について書くのだが、言葉を並べただけのそれとて黙りこくっていれば燃やされる
反射するショーウインドーに饐えた西日が長い時間のうちに生き延びて模造品になったコガネムシの悲劇を語っていたのは、
それは、世界は終わりなき赤い雨との戦いの賜物だったと、画面に進軍した隊形も模造品になるのは早過ぎることがわかって時間の縁《へり》を包囲した
私は遠方まで出かけない、谷間をゆっくり歩いている
谷間でめったに人に会わないのはみんな天使と悪魔の笑いに戯れて連れ去られてしまったからだが、
ときに足早になって、空から鳥が落下する時代の速度に歩調を合わせて的確に時間を通り過ぎなければならない
落下するのは鳥ばかりとは限らない、この時代はなんでも落ちてくる、魚が落ちてきた小説もあったが、事実真夏に

原子爆弾が落ちた歴史を生きて、
一人生き残って、谷底を歩いてゆく影を映し出すことに懸命になる
すべては私の目の前をいとおしく過ぎてゆくのを「自己循環的」な私が見ていたのをずっと後で知ったと回想する無限の愛も通り過ぎなければならないのだ
耳打ちする強者の愛はきみたちは無罪でないということだったが、暗い夜をえんえんと生き延びた弱者のコガネムシにも罪はめぐって火花を散らす
罪は天性のものだ、ほら谷間の上に空がある、星がひかり、水が流れ、夜はとどまり、紙切れ一枚の私の詩が彼方へ消え去ろうとしてここで燃えている
燃え続ける谷間、さらされている谷間、その谷間をゆっくり歩いている、犬も歩いている

＊＊

窓辺に立って外を眺める――吹雪に閉ざされて見えない湖があった、この態勢で外を見るなら窓の外の世界は完結した、外観を閉じた
ならば私たちは窓のない四角い箱のなかを生き続けなければならない、ならば私たちはもはや世界についてなんら想像力をはたらかせることはできない
それでも窓を叩く風は「生きよ」と言葉で私を励まし続ける、見える目は言葉であり、凍結する窓の外に私を置き去りにするのはたやすいと言う
外の世界は見えない目で言葉からはずされているので、極寒の広場では昨日と今日に分け入って黙禱する数多の人でいっぱいだったと、

それが地上の掟だったよと、絶対的な高まりが世界を貫通するとき世界は完結したのだと、外観を閉じたのだと、
ゆえに窓のない四角い箱のなかを生き続けなければならないとしたら、私は箱を切り裂いて水汲みにゆく方法を考え出さなければならない
外の世界に氷石が舞い散って、ここを眺める私の目がいかような贋造物であろうと、私は窓の外へ水汲みに出てゆかなければならない
火山口の底まで歩いてゆく勇気があるなら二羽の黒鳥が悠々とはばたくその影を、低地を這って追ってゆかなければならない
氷山の水中深くに唯一意識が見出されるなら私の脳－身体－世界はつぎなるクローン人間に征服され受け継がれてゆくだろう
皮膚が覚え込んで死んだ人の影像をなぞっていると、いつしか私の見える目は忘れられた死んだ人の心と交信する
それは戦禍の道端に積み上げられた石ころの一つに憎悪と悲しみと愛の声を、私が言葉で、母語で書きつけるのに等しい
地上的なものが影に入ってゆくのを私が見届けたいのは、人は死を恐れるまえに生き続けることさえ忘れてしまうからだが、
人はゆっくり歩きながら有限の表情をして、自由に死ぬことを考える仕合わせを持つ自由があると、神の方へ顔を上げる自由があると、
神の言葉に従わない自由があるなら、神がいるなら代わりに死んでもらう自由があっていいと、
それは自らの言葉で話すことが世界についての想像力をはたらかせる唯一の願望なのだと言っている
地上的なものは足のある時間にみたされて有限を歩いていると付言する

見える目は窓の内から外へ向かう、人の道に習ってどのような生を投ずるかを、吹雪の日の見えない湖へ実行に移すとき、
そのとき世界についての想像力は私の体を一歩外へ踏み出す、押し出す
窓辺に均質化された見えない夜目が包囲する、足で扉を蹴って外へ出る、鐘の音は閉じ、旗はかたまって、一面氷に閉ざされているのがわかった

その夜から態勢を変えた私は足を折った、夜の海市を背に、四角い部屋にいて想像力の失せた私は他人の足で世界を歩く
だから壁に貼られた世界地図の大きさがほんとうかどうか、黄ばんだ写真や火星の表面や本に教えられる遺伝情報、オートポイエーシスの新語や、
外の世界の道しるべなどは信用しなくて、私の生地をなんと呼んでいいかわからない
壁に銃眼のような穴をあけて風を通す、無数の雫が滲み出てくる、光の音が踊っている、おしゃべりする声が洩れて聞こえて一日を過ごす
いったいどうしたことか、四角い箱のなかで行き場をなくした間の抜けた神棚の住人は朝からおちつきがない
霊感を壁にぶらぶら貼り付けている、命を守ってくれるのか、命を捧げよと古くからの美談をくり返すのか、
「ここにいる限りきみの安全は保障されている、しかしきみの書く詩は窓の外に出てゆく言葉をもとめている」と私の首根っこをつかまえる
黒鳥が窓辺にやってきて私の様子をうかがっている、首根っこは外へ引っ張り出されそうだ、外の世界は吹雪だから出てこいと私を誘い出す

通り道から流れ込んだ風雪音が心臓の形をして降りしきる、突き上げられた怒声に対峙して分断された世界の均衡が破られる
闇雲に差し出した手のひらにのった他人の夢は遠い記憶の道しるべを知らせにやってくる、ここで、ここでいいんだ
傷つかぬように紙片の間にしまっていた木苺の芽、湖面の巣穴、野辺のさやぎ、浜辺の色斑、家族の消息は朝露とともに虫喰いどもに蝕まれていた
よく見るがいいと、虫喰いたちは生き生きと私を見返しながらわがノスタルジーを喰いちぎり断片化すると四角い部屋の窓枠は取り外された
世界の分布図から抹消された窓のない世界がひろがる、茫々と一面正気に耐える荒蕪な裸木に取り囲まれて足を折った私の前に、
砂と岩と石の面に銃眼をひそませた歴史の石つぶてがどこへも飛ばずにここで一つ転がった、私を見返した
「投げてみるかい?」——私の態勢は他人の夢を引き剝がし、言葉を体に縛り付ける、投げる物質はなにか? 砕石か、古い言葉か、毀れた利己心だろうか、
投げるのはどこか?——なにものでもないすでに生き過ぎた救世主に向かってか?

＊＊＊

扉を押して夕べの戸口の外に出てみる、眠っている夜のうちに道はローラーで整地され、頂部から堅牢な壁にすっかり仕切られていた
冬の月は転がる雪玉に閉じこもって眠り続ける、春の木の実は自然の震音におそるおそる光を乞う、夏は海浜ホテルの窓に幻の海が浮かんだ

青い糸巻き雲が私の頭の回りをぐるぐる巻きしめて鞠のように頭は飛び跳ねた、浜辺に一粒の砂が人間の格好をした影となって日光浴をたのしんでいる
地平線や水平線上で日没は行方知れず、名前をなくした生地や母のぬけがらや逃げ道のない神の筋書きや蔓となって伸びる魂が虫のようにひそんで、
代わって細胞や神経やリンパ腺の意識的な流れに一個の「自由意志」をあずけるようになったと、私はその後の世界の構造が行き詰まったことを知った
頂部を打ち破るさらなる上方が存在するならば、新たにやってくる人の死後もふたたびそこに絶対的なものがめざめるだろう
万人が万人のための戦いに分裂してゆくだろう、ファンファーレは鳴り続けるだろう
それは環の軌道のもとに押した扉が生きんがために逆から開かれる場所でもあるだろう、それは「歴史の無意識」と誰もが言っている
わが扉は力を失った、なえた足で扉を蹴って一歩踏み出したものの、外の世界はさらなる世界に遮断されて、それた脇道に単線レールが敷かれていた
「きみの書く詩は窓の外に出てゆく言葉をもとめている」と茂る草立つ朝から、それは首根っこをつかまれた私の体を、私の生を運ぶものであったか
向かうことのない古いレールに乗って、私の地上性をこえて扉は閉じることもできるし、開くこともできる、それが夕べの戸口に嵌めこまれた扉の現実だった
今夜も私は空駆けるレールが敷かれることがないように扉を押さえ込んで標本室のような寒々とした地上の部屋に戻っている

「きみの古い言葉はいつめざめるのかい?」――「外へ出るときはこの身一つで、もう言葉はいらないんだよ」
「雨が降ってきたね」――「ああ」扉を押して、戸口の内側へ、なにもない内側に雨が降っている、雨降る谷間を歩いている、犬も濡れている
空の外は青天。

＊＊＊＊＊

北の方角から一筋に伸びた夜の野に人びとはあっけなく引きずり込まれていった
行き先不明のレールがえんえんと続く険しい道の端に歩哨塔が草花を照らして夜を追い立てる
石の面に吸い寄せられる露、煤けた霜のカーテンを天空にひろげて、乾燥した木毛《こけ》の上は熱い風が吹いている
一歩踏み外せば地上的な場所などどこにもなかった
夜のうちに成長したあなたや彼らの理念がレールごと運び去られると、なにも知ることはなかった
歩哨塔に照らし出された野は絶対的なものへ別の意思を持ちはじめた
移りゆく時の分岐点を目にとどめてレイクダンモアの湖面は無残な真紅の色に映えた
人びとは途方に暮れることはなかった、なぜなら教えられたままに生の現実をつかめばよかった
これで平穏な日々がやってくる、予感のない日々がやってくる
空《から》になった家々の戸口に青空が雲を引きつれ差し込んでいる
下草の青い息吹きは海の洞へ延びて、人びとは簡単に光の在りかを見つけ出す
湿った星空から降り落ちる明日の雨粒は人の涙に先んじて古い甕の底に溜まっている
風の力に運ばれて庭先で鶫は餌をついばむ余力にみなぎっている

黒土の実りある匂い、虹色にゆらめく雪の層、雨打つ音にあふれる砂浜の水溜まり、やすらかな眠り、
足早に時の世は声をおしころし不気味なほどはやく夜の野はひっそりと人びとを包み込んだ
すべてを忘れて、そこでは誰もひそひそとおしゃべりになって寛容になっていった
そうして幾時代も人びとの手から手へ、血脈を言葉で結び合わせると形をとどめた忘却が、ふいに、
石積みの野に死んだ母の面影をあらわにして、人びとは息をつめて故郷の名をひそかにひた隠す
伏せられた名は聖なるものであるがゆえにぼろぼろになり普遍的なものになった
今夜も手を伸ばすと歩哨塔の光が一つ一つ消えてゆく、喇叭音が投擲され野の一日は終わる
「歴史」の一頁に書き込まれた野の姿はゆっくりと人びとの眠りの底に落ちていった
人びとは誤謬だらけの歴史書を涙を流して暗誦した
はて、書き込んだのは誰の手だったか、あの別の意思について語らなければならないのは、
絶対的なものはあなたや彼らの名と等しく私の名と同じく迷宮の暗号だったからで、
その名は、つぎつぎに番号を入れ換え見知らぬ名に一変する妖怪のようなものだった
すべてを忘れた人びとにとって、実は生まれたことさえも不要だった、だから絶対的なもの以外はなに一つ思い浮かばなかったのだ
平穏な日々、予感のない日々、
今日も生きる態勢を夕べに向かって背を伸ばし、人びとは道の端を歩いてゆく
一歩先に南の方角に向きを変えた夜の野に新しくレールが敷かれた
今度は人びとはためらうことはなかった
「逃亡するぞ!」明るい声がして、その声は償われた予感のように旋回し夜の野を八つ裂きにした!

ここにいる私は今夜もどこか見知らぬ地で首を折って水を飲んでいる
生きていてなにかを見つけたかったわけではなかったが、
降り出した雨に濡れてゆく私の目のなかに夜は足音を引いて這い出し、誰彼の名を呼んでいる
そこにいない私の孤独は蔓草の紐のように足音にからまりあって出口を失う
熱ある体を放射して首を折って倒れ込む私はなにに導かれたいと願ったろうか
すべてを忘れた私に、足音のひびく地の上が大きな記憶に包み込まれると、
「東の風が吹いても丁東東《チントントン》、西の風が吹いても丁東東《チントントン》」と聞こえて風にまかせている、ふいに、
悲しみが、生き延びる悲しみが、誰彼の死に依存しているのがわかった
足音は孤独に換えた悲しみのうぶ声だろうか、夜の面に共鳴し共に生きることをうながす
ぷるぷる、ぷるぷる、困ったことに野の姿が青天白日の下に堂々とまぎれ込み、
ぷるぷる、ぷるぷる、冬の軒端に記憶の家が心を奪う
不寛容な日々、予感のある日々がやってくる
レイクダンモア湖畔のサナトリウムで古ぼけた本や日記を小さな記憶に換えると、
私は積み込まれる順番について考えをめぐらせる
生き延びるなら、「一緒に死のうよ、チントントン、チントントン」と書きはじめた日記の一日目から、
本や日記を燃やして、なにもしないサナトリウムは人びとでいっぱいだ
ああ、今夜もどこかで身動きできない体がなにすることなく微笑んでいる
東に雲が分かれてゆく、絶対的なものへ別の意思を持ちはじめたと書いた古びた詩のなかにいて、私は、

細胞のようなものが生き続ける本の名を、たとえばニーチェとかヨブ記とかコニー・アイランドとか名指しして腕を振り、
その名を口実にして、身動きできなくなったその名とともに一緒にサナトリウムで体をやすめている
そうして「歴史」の一頁に書き込まれたその本は私の眠りの底に落ちていった
はて、書き込んだのは誰の手だったか、あの本の意思についてどうしても語らなければならないのは、
歩哨塔が追い立てる「世界」、盲人たちの列が連なる絵のなかに押し込まれたあなたや彼らの理念が、
つぎつぎ見知らぬ名に一変する妖怪のようなものだったからだ
レールごと運び去られた行き先不明の夜の野に私が帰ってくるのはそのためで、
その地はひた隠した故郷の名と同じく普遍的なものになった、平坦になった
するとどんな種類の悲しみもおよばない悲しみが、悲しみから解かれてゆくのがわかった

脳髄に閉じ込められた人びとが風の音を聞きに夜の野に帰ってくる
時間にふれるたびに瞬時にふくらむ心臓の形を抱いて、乾いた音をたてて一呼吸する
レイクダンモアの水が澄んで、水棲人間は自らの呼吸する音をふしぎそうに涙にとどめる
水のなかの涙は悲しみを表わさない、それは希望のように貴重なものと言う
地底に住む人間は暗い春を生きて世界の中心を掘り続ける
なにも起こらない街中で家々の窓から朝を迎える人は死の手前で光を通している
こうして眠っている夜のうちに生き延びた人びとを積み込んで行き先不明のレールはこの先、いったいどこに向かっていったかと私は古びた詩に問いかける

詩は遠くのどこかで書かれた「世界」の居場所を見通して、近くにいる肥大した私の頭を粉々にして置き去りにする
その奇妙な詩の場所はすぐに運び去られて、代わりに頭のなかに白い雲が浮かんで「時間」を慰める
積み込まれた私の頭のなかでみんなと一緒に並んで眠ることを可能にするのはこれら一切の徴であって、
それは丸い月が夜の野に貼り付いて眠っている夜のうちに沈んでゆく私と重なる
重なって一つになって夜の野は忽然となにも残らない。

＊「東の風……」は鈴木大拙『東洋的な見方』より

（『世界の優しい無関心』二〇〇五年思潮社刊）

詩集〈種まく人の譬えのある風景〉から

Ⅰ　種まく人の譬えのある風景（抄）

（外は、晴れた日の……）

＊

外は、晴れた日のあたたかな実りある日で、地面の上で
　わざわいは過ぎ去り
野面や廃れた田に亀と遊ぶ少女やヒバリの声が鳴きわた
　り
それはずっと昔の古びた光のなかなのにわたしはいまに
　も胸がはりさけそうに息があふれて
心臓は泣き出しそうに音を鳴らして日暮れどきを待って
　いる
夜になれば人気《ひとけ》のない冷たい星のささやきに耳を澄まし
　ていっしょに歌い
それは終わりの日の、だから覚えのない希望の一日とい
　うものにみちていて
ああ、そうしてだれもが生きる歓びを宿して明るんでい
　るんだね
このときわたしはかつてなく寒々として、ひょっとして
　神さまがどこかにひそんでいる気になって
重いコートの下にからだを残して夜の裾に一つひとつ徴
　をつけていった
古びた光のなかにいてわたしは永遠でもなく、絶対でも
　なく、過ぎ行く日々にとらわれていた
今夜も机上に置かれた標本箱のなかから検閲済みの古書
　を取り出し
読んだ覚えがないのに信じるか信じないかに追い込まれ
　ている
いつの日か聖水盤に手を浸し、明け方の臨終の場面に思
　いをめぐらせながら
持ち合わせの少なくなった良き心について考える
コーネリア通りのカフェ・ルカにしんしんと雪が降って

夜の底へ分け入って行く良き心を持つ人びとに訣れのあいさつを送る
生きる理由を標本箱に並べて毎夜眺めるのも、どこにも最後がやってこないからだと、
ことばのもつ尊大さで記せば、あの最後の審判がどのようなものであったかわかりもしよう
明日は実りをもたらす地面の上ではなく別の場所で暗転する！
ほらついいましがたも生きることを頭のなかに置き去りにするから
わたしたちは過去しか持つことがゆるされなくて、いま自分のいる場所がわからない
あやまちの数々は地面の上にころがっている
生きる慰みを乞うて泣き明かしたわたしの良き心もあやうくなったと、
夜の壁を叩いて責め立てるのはシャーマンの歌声ばかりだ
歌声は千の夜に号令ひとつで降りてくるから、奇蹟はもうたくさんで、

わたしが何者かである理由はここにはない、郷愁か、衝動か、陶酔かと、
今夜も自動人形の口から高らかに鳴りひびくシャーマンの歌声が闇に沈む
過ぎた時代のわが心のコーネリア通りは晴れた日のあたたかな実りある日にみちて
コートの下のからだは笑いを呼んだり、涙で駆け抜けたり、詫び状を送ったり、死のお悔みを告げたりと、
良き心の人びとが並ぶ標本箱のなかは思い思いに一瞬間ごとを生きてつづいてゆく

＊

先のない道につづく道、道行く人は陽気でだれかを待って、地面に落ちたコーネリア通りを、一歩踏み出す。にぎわうカフェ・ルカから生命維持装置をはずしたマリア像の遁走する姿が目撃される。壁に描かれたシナイの山を目指して人びとは湿った夜の匂いのするテーブルをかこんで、まぎれ込んだ夢のつづきをライラックの小枝で書き継ぎ、店先で足音を消した隊列がヌッと幾時代も

影となって待機しているのを透かし見ている。目ざめのない夜の光を拾い集める占い師や祈禱師、催眠術師、蒐集家、通りに面した葬儀屋、サーカス小屋や映画館や公会堂のがらんどうから生き延びた人びとがぞろぞろ出てきてここが街のまんなかであることを教える、整然と不死身な時間というものが降りてくる、録音機がうなり出し、くず箱のなかで先のないテープは回っている、すべては時代遅れの代物で、黒く塗り潰された教則本は本物か贋物か、わずかな行間は骸の山となり川向こうから紙の凪が吹き渡る、いつしかカフェ・ルカもがらがらくずれて行方をくらます。角の路地裏に雨が降り、十字窓の下にまとめて棺が並んでいる、良き心ではなく邪悪なものが雨にしずまる、だれかを待って棺に十字を切って、一歩踏み出す、わたしはいまどこにいるのかわからない。

　いまわたしはどこにいるのか、わからなくなったときは夜の地面に体を押し当てることが大切だ、地面の上でボロ布をまとった強国のシャーマンは歌っている、亡んだ国の亡霊たちが月明かりの塔で踊っている、ひとつにこだまして国の歌の謎は解けず、わたしは地べたに座り込んで口に藁草をつめる、火はあるか？　いま地面の上にとどまるならわたしの目のなかの火種は、一歩踏み出す。きみの名のもとに奇蹟がすすり泣く、聞いてはならない、ひょっとして神さまは地面の上にひそんでいるんじゃないだろうかとわたしはしきりに夜の地面を叩く。歌声がわたしの耳に届くならそこで、地面を掘って深い場所へ降りて行かなければならない、歌声がふいに嘆き、口にのる、歌声から詩は生まれないから地面を叩く、詩は地面に落ちたコーネリア通りから生まれる。そこを一歩踏み出すと、足の裏は地面を踏んで、イタイ！　地面を踏んでいる限りわたしはこの時代を生きて、いまだ良き心が残されているのなら古びた光の束をかかえる、無意識のささやきが語りかける――きみは藁草を口につめて書きはじめるのかい？　火はどこか？

*

　秋の終わりの朽ち葉が散り落ち、時間に受け止められる。石、岩、アスファルト、砂地、沼地、泥地、湿地、苔地、草地、水、雪、氷を踏んで、書き損じた歴史本は白紙のまま吹雪に閉ざされいまにいたる、わたしは見知らぬ追憶の魂に魅入られたまま、魂が見知らぬ追憶である限りここで起こることはすべて白昼の沈澱物となって地面に降りつもる。地面の上はなにも見えなくなって、いまここはどこかわからない、だから今日もわたしはやわらかな足裏でおそるおそる地面を踏んで、いま一歩先を考える。自然は変幻自在に生き生きした地表の苦痛をあたえる、苦痛に押し潰され、かつて詩は手で書くと公言したわたしの追憶から引き離されて、詩は足の摂理であると教えられる。見知らぬ追憶を踏む足の詩人はやわらかな足裏で石、岩、アスファルト、砂地、沼地、泥地、湿地、苔地、草地、水、雪、氷を踏んで、一歩ずつ踏みあやまる。落日は風に運ばれ、見知らぬ追憶は水路を開く。二本足に精通した日から世界は隊列を組んで後退と循環運動の進軍をつづける、がらんどうの世界は見えぬ目で地面に弧線を描くので、歴史は右往左往、打ちのめされる。いつしかわが故郷の地面の上にプリントされた美しい海岸線が消えてゆくのが心に浮かんだ。

地面の上に二本足で歩くことのできなくなった人間たちが押し寄せている、コーネリア通りは巨大な足を持った人間たちの溜まり場となって身動きできない、良き心を残した嘆きの声が標本箱を開けると夜の底が回っている、見知らぬ追憶を生きてあまりにも巨大になったわたしはいまどこにいるのかわからない、古びた光のなかに入って放免される日がやってくるまで、わたしは懐かしいコーネリア通りを踏みしめる。

（かつて「世界」をひもとくための一巻は……）

＊

かつて「世界」をひもとくための一巻は虚空に浮かぶものであったという。とすればわたしたちは虚空のありかを知らなければならない、よじ登らなければならない、そもそも虚空をつくり出すことからはじめなければならないか。それは一日一日名づけられた虚空を生きるに等しい、夜の谷間をさまよっているに等しい。手回しオルガンで弾く夜の歌は千年前と同じ速度で回っている、足は歩行を速める、幟立つ昼の地につなぎとめる、冬の太陽は理由なく浜辺へわたしを引っ張って行く、怖がることはないよ、理由はないのだから。そのうち力尽きて歩くことのできなくなった地面の上に浅緑色のふきのとうが雪を分けて顔を出す、はじまりも終わりも土の下で芽吹いている、本来虚空は地面の上にあって変幻自在なものなのだ、今日も身近なことばがつぎつぎわたしを見放すので、だから欄外に書き込むことばとわが身ひとしく虚空の種をまいている。

足下の地面の上に「ことば」によって生まれてくるものがある。おそるおそる姿、形を眺める、目はさわらず、心はつぶやくと言う。夜の白雲が幾重にも折り重なって明るく、いつしか露となって滴る。変幻自在なものは高所から見下ろし、どこにいてもどんな低地にいても対象もなく見ることができる、だからそこで見えるものは本来無用の物で、影のなかは才気にあふれ微笑をたたえる、ほらかつてあのものが責め苛んだり怒っている様子を見たことがあるかい？　孤独を知っているかい？　あれはね、使い尽くした「ことば」との和解でできた無用の物なのだよ。

春の一日が簡単に運び去られる時代にあって、眠っているあいだに家々の窓を開けて月の光が侵入し熱にうかされる。どんな人間にあっても、生きることはいったい善なるものか、悪にみちたものか、胸底で花粉の散らばりが寄る辺なさをさそう。世界は冷え切った水溶液で書き記されるので、読むことは叶わず、わたしたちは水の歴史書を諳んじて、一途に燃えさかる草の低地を腹這いで進んで行く、わたしたちは火の勢いがふるい落とした灰の記述を踏んでいる、記述によればこの世の数多くの出来事は膨張する月明かりに容赦なく吸い込まれ、だれもが抱懐する故郷の道を歩いて行くことができる、血を吸い込んだ土を踏みしめて故郷の道を歩いていると教える。

＊

一刻一刻世界は罠を仕掛けて地面の上に貼り付き、地面の上にともに生きるわたしたちは今夜も障子戸やガラス戸や襖一枚へだてて聞き耳を立てるから、貼り付いた世界が通りの上を高笑いしながら逃げて行くのがわかる。「もう挑発するなよ、手を引けよ」恐ろしい事実だが、逃げないことが罠に落ちたわたしたちの存在理由だとすれば、いまなお門前の犬や鼠に監視されて戸口で聞き耳を立てるわたしたちは地面の上に長くいることが実感できる、すでに骨の人だ。

いま長い旅から帰ってきたと骨の人はしゃべり出す。草の低地を歩きつづけて、なにごともなかった、なにも見えなかった、沖の先の西方をのぞみ、篝火に照らし出された国境沿いにたった一枚の灰紙が歩哨塔に哀しい文字を残していたと、虚空が地面の上に悼む気持ちをあらわにしてふるえていたと、灰紙を束ねた一巻が美しい形を惜しげもなくひろげ、一枚一枚紙吹雪となって地面を埋め尽くす、最後の一枚を虚空にゆだねて息絶えたと、骨の人はそう語ったのだ。「世界」をひもとくための一巻に、《種まく人の譬えのある風景》が幾枚も幾枚も描かれていたのは、またあらたに復元された虚空のことだったという。

そうして世界は暗い目をして生き延びる。だから額縁に押し込められた種まく人は宣誓するように雄叫びをあげて、隣人か敵かも見定まらぬ譬えの人の名を呼んだ、辺りいちめん雨の音に閉ざされる。

＊

回廊の中途で足を止めて中庭を眺める、雨に濡れた地面の上はふくよかな慰みに心うたれる、ここでは均一の門、扉、窓に沿って歩いて行くことができる、均一の役所、学校、病院、警察署、監獄、裁判所、寺院、工場、戦時局は規律正しく窓を開け、すべての建物は同一に積み上げられて並んでいる。一つひとつの建物のなかに座り込んでいるのはすでに気配となった旧人だ。胴長短足、突き出た顔面、「前頭葉がひろいから、時間の感覚はあったらしいよ」「声帯の位置が低い、これではたぶんことばは持っていなかったね」「でもふしぎに悼む気持ちはあったようだ」「心だろうか」——「うん、骨になっても心がね」。ひとつの部屋に入ると自己記述にいそしむ人が手を休めて、「旧人は自己というだれかの存在にとどまっているんです」と言う、「そうかな」とわたしはうたがう。ことばをつくり出す「新人」に復元されたわたしはだれかではなく、できるなら種まく人になりたいと祈りに似た気持ちで地面の上に腹這いになる、燃えさかる火に腹這うと赤い雨が降ってきた。

雨の一日、生の小枝の流れ着く先で、地面の上から引き離された心は理由のない西方に焦がれて連れて行かれる、無限の果てに置きさらされても恐怖からは遠い。旧人に代わってやってきた新人は神とことばと愛に理念を定めて、呪縛された歴史を地面の上に刻印する、日々灰燼は舞う。廃れて黒ずんだ幾時代あとの地面の上に雪を分けてふきのとうが顔を出した、わたしは、現実は、——旧人と新人と同じ「種子」である種まく人の血を分け合った辛抱強い「だれか」の意味になる。

詩はかつて「世界」をひもとくための一巻であったという。一巻の閉ざされた門の閂を開けると、風が吹き渡り、東に雲は分かれ陽は昇り、記憶に褪せたわが家の窓が赤みをおびて雨を待ち望んでいた、種まく人の列は均一の役所、学校、病院、警察署、監獄、裁判所、寺院、工場、戦時局を抜けて地面の上を島の突端へつづいている、雨が降ってくる、詩の「種子」はともに生きるわたしたちの手のなかにあった。「いまここを生きなさい」——詩のことばは低い地面の上にあって、そうわたしに呼びかける。

（波打つ森の鬣——……）

＊

波打つ森の鬣——煤けた夜を走り抜ける列車の窓に火花を散らして宿しているもの、子をはらむ生きものの不気味に躍動する姿で、むき出しの時間が噴流となってあふれかえっている、列車に乗り合わせた人びとととともに満天の星空からすべり落ちた火の玉が夜の掟をみだして帳を引き上げる。行き先は封じられ、目の先でつぎつぎ落下するネオンの灯は蜻蛉と競い合うように夏の裏側にもぐり込み、故意に塗りたくられた監視するサインを投げ返す、一掃される夜の中身から短命な虫が卵を孵してころころ、ころころ打ち上がる。それはまだ生きているわたしの記憶が過剰生産される追憶の卵のようだ。故郷をあとにしたとき、人は、故郷に到達する、そのときすでに追憶となった空《から》の夜を受け取るのだ。この一夜をめぐって、死と生殖の光芒に呑み込まれてしまうのだ、そこに救いはない。山間の急斜面で動く森は重さゆえに転倒を繰り返す、瀕死の状態で岩肌や野面や白雲、蒸し返す夏の宵の入口に安堵をもとめ追いすがる、それとて死への長い叙述のはじまりだ。木々のうなる音がからから目にとまる、すると列車の窓に映るわたしの面影はふいに夜の面にまぎれて忽然と姿を消した。わたしはどこへ行ったのだ、本来わたしはどこにもいなかった、いやどこにでもいたわたしを乗せた列車は空《から》の夜をひた走りに抜けて行った。

＊

「ああここは神の住むオリュンポスの山、カイラス山、立山とも呼ぶよね、人間が名づけたものだろう、だったらここで踏ん張るのがいちばんさ」——高められた夜の瀬に一夜は溶け込み、森は地に腹這う恰好で一日の糧と責苦をわたしたちに手渡すと、つかの間木々や鳥や聖霊たちとのおしゃべりに余念がない。月の光が放射状に迸り、奈落の底を簡単に押しひろげても、大地に脈打つわたしの足下はびくともしない、こうして高揚した気分でわたしが列車の窓席に戻っているのはもはや一個の人間とは言えないからだろう。故郷をあとにしたゆえに、空《から》の夜にきざはしをかけて地の果てまで追いつめる、ぞろぞろ、ぞろぞろ中心を喰われた世界は舌を垂らして、ぞろぞろ、ぞろぞろ引き下がる、郷愁をこめて語られる口先で、行き先を無視して走りつづける列車から追憶の小箱がつぎつぎと飛び出す順番を待っている。それはまるで詩を書く好機を逃すまいとして過剰生産されるわたしの生きる断片で、もはや一個の人間でなくなったわたしが美しい水の底に浮かび上がる。そこでわたし自身の死を生きて、耳をかたむける、そのときどこにも、どの一夜にも入ることを拒まれ疾走しつづける列車に、居場所をもとめる実直な主人公の姿が目撃される。わたしの席に座り込む顔、顔、顔、顔をもとめる名——エッシュ、ザムザ、ヨーゼフ・K、ロカンタン、マルテ、G・H、イリイチ、アリョーシャ、ユープケッチャ、長作、福子、首のない黒い犬…、暗い名をはぎ取って髑髏となった、マネキン！

病める主人公たちよ、きみたちに問うよ。病んだマネキンとなったきみたちは還元か原理か、全体か個別か、自己投影か自己発見か、はたまた狂者か聖者か——、聖なる山を往還する動く森に等しくつながれ、ことばと肉体に引き裂かれ、行き場のない一夜に来たるべき道行きが頂点に倒れ込むとき、同じくことばと肉体に引き裂かれ生と死の影を引きずるわたしの郷愁は息を深くして、夜の列車に乗り合わせた病める主人公たちに席を明け渡す。入れ替わり立ち替わり席をもとめ立ち騒ぐエッシュ、ザムザ、ヨーゼフ・K、ロカンタン、マルテ、G・H、イリイチ、アリョーシャ、ユープケッチャ、長作、福子、首のない黒い犬…、その似姿は名をはぎ取られた顔のないマネキン！　読み継がれる時間のなかでむき出しにされた実直な人生は、後戻りできない列車に乗り込んでどこへ向かって行くというのか。そのとき美しい水の底で、夜の息吹きに耳かたむけるわたしが一刻、一刻、動く森と一体となり、幾時代あとのわたしを見つけたのは、「わたし」という郷愁に病んだ主人公たちのマネキンだったと、ある日中庭にそびえる大木、クスノキによって知らされると言うこともできる。

そういう日が幾日もつづいて心は動かされる。列車に乗り込んだマネキンたちが地上の一夜に残した足跡は、歴史という時間の忘却と融合によって運ばれたひとつの種となり、国をあとにして、人は、国に到達する、その国は《光の石棺》となったまちがいだらけの譬えの物語を手にすることになる、そのときすでになにかを起こしてしまったマネキンたちは灰の山となったオリュンポスの山、カイラス山、立山で神々の笑い声を聞いたと言うのだ。なにゆえの笑いか？　他者を上回りたいという人間たちの欲望か、倫理と他者、死と表象、祖国と郷愁、世界と現前——、未曾有の街のまんなかに生まれ出たわたしたちの、ささやかな生の郷愁に笑う声は一夜にこだまして、笑いゆえにマネキンたちの笑わぬ表情がロゴスとなる、無垢となる、声となる、想像力となる、それとて病んだ主人公たちの死への長い叙述だった、跳躍だった、それは疾走する動く森の鬣だった、歌声だった、ことばだった、あらゆる人間たちのための「わたし」にかえるわたしに残された最後のことばのはたらきだった。

夏の一夜、列車に身をまかせると、わたしは追憶の箱がひとつころがる音を聞いた。故郷をあとにしたことで、今日のわたしはひとつの追憶となり、人間の原初である無と腐敗と比喩の領分に卵を孵してまよい込む。浅瀬を渡る風の音がわたしに救いをもとめる、救いは見つからない、見つからないことばに耐える追憶の卵は、幼虫から蛹に、やがて成虫になり、そこで生き抜くことが動く森を往還する力だった、自然力だった。森が目ざめると、朝は東からやってきた、わたしが席に戻ると夜明けを待つ窓の外に光が呼んでいた。

（戸口に出てきて、……）

＊

戸口に出てきて、我先に語りはじめる夏の夕暮れどきになると、開かれた夜の夢のつよさによって死——母は土に、水に映え、すりへった虚ろな入口にいっとき顔をのぞかせると、荒ぶる心の声をわたしに託して、家路をたどり西の方へ消えて行った。残された足跡は小さく、どのようにしても夜の面から消え絶えようとしなかった。約束したように時間の敷居をそぎ落としているね、とわたしたちはよく話し合ったものだった。いや、どんな罠をたくらんでいるのかな、とも。一刻の夜の静寂《しじま》に呼気をゆだねると、手の先から飲みかけのビールの味が口にひろがり、にぎわうテーブルの周りでわたしたちのおしゃべりは嗄れたうなり声に変わって吼えていた。

藻の繁りにゆれて水の深まりが明るむころ、ふいのつぶやきがわたしを呼び覚まし、薄暮の光をひいて新しい息吹きがさそい出す。受け継がれてきた人びとの生きた時間に沿って、だれかれの歌声がふぁっ、ふぁっ…、ふぁっーふぁっー…、息苦しく呼びかける。たぶん死——母も月の雫に身を包み空の上を飛び交いながら、ことばにならない声で歌っていたにちがいなかった、ふぁっ、ふぁっ…、ふぁっーふぁっー…、人びとの生きたざわめきに耽りながら、わたしは脈打つ死——母の記憶のなかを生きてきたような気がした。死——母の呼吸はレモンシャーベットのように溶け込んで、一声、きらめいた。

切り取られた突堤の先で死——母の眼差しが静止している。不釣り合いな天に昇ったことに気づいた死——母は人びとが受け継いできた死の観念を読みあやまったと言う。本来魂は地にかえらなければならないものと言い、おぼつかない手で月の光を束ねると、水の上の碧玉に身をゆだねた。身の丈に一日の残照が映り込み、虹色の輪がかかる。時間は悠々と閾を越え、月の雫はひらひらひらら…、死——母の手のなかでするりと、あ、…月が落ちる！　地面の上で、落ちてきた黒い塊におそるおそる人びとが群がった。「檻にいれようか」

＊

仮初めの日月を記し、なにごとも特定できなくなった年はなにをはじめるべきだったか。ここから先、軌道曲線を修正し、新しい惑星モデル構想をもくろむ死——母は落ちた月を引き連れ道案内にする。地上に夜の光が失われるのはこの世の不幸な出来事だったが、朝に夕べに心をよせる思いは生からも死からも投げ出された、第三の域をたどるための道行きだった。死――母はひそかに無意識のアンテナに耳を澄まし、見せかけやまやかしの感情を切断していった。落ちた月は頑迷に月の名を誇示し、オーバー・エンガディーンへ死――母を導いた。その地こそ待ちのぞまれた土地の名だった。それがあの年の、一年の終わりの、はじめられることのなかった一日だったと、ずっと後になって、死――母はわたしにうち明けたのだが、謎めいたそのことばは呪文のように果てることなくつづき、それはただ掻き出されたうなり声、跳びかかるような一撃で時間を撃ち抜き、貫通した。謎解きのように生み出された場所、オーバー・エンガディーンで記憶された神の死の譫言は降りつもる雪や芥子の花粉とともに舞い散り、運び去られ、忘れられた日付にすがって、いつしか時が過ぎれば腐敗して臭いを放つ事実となっていった。

そのせいだったかどうか、うち棄てられた湾内に底なしの聖域は黒青色の影を宿し、つき落ちた目の裏側に貼り付いた感覚、感情、認識、経験は吐き出され、白昼を生きてきたわたしを置き去りにして、だれかがわたしの死を語りはじめたという。わたしは死んだか？　と問う声低く、わたしが通過することのできる敷居に蠢く影、死――母がささえてきた死の域をわたしは生き延びてゆくにちがいない。まどろみかけて、色褪せた記憶の襞がはためくのを実在するわたしは見逃さなかったのだが、はたしてそのわたしとはいつの日の欲望のかけらだったか。背後で打ちひしがれて佇む死――母の横顔が消える。

足は立ち、まっすぐに見上げる目、口を開き、鼻の先をのけぞらせ、耳かたむける真顔の、精密な機械仕掛けの足を引きずってやってきた生地で、死――母の内部に入り込んだわたしは母の死を生きはじめようとしていた。重なり合う日々の習慣《ならわし》のなかでわたしは宙ぶらりんに単純な人間となり、仮初めの日月は沈黙にみたされ、無言の歌声が青天に共鳴しているのを聴いた。

夜の白雲が体中にひろがり、回復した月は明るく横たわっている。人びとの足音が遠のき、近づいては去って行く。「間近にせまってきましたね」「手をかしましょうか」。世界の地図はオーバー・エンガディーンを記すより、月の行方を書き込んだようだ。死——母はわたしたちを置き去りにして、やはりゆるされていったんだね、と口をそろえてみんなで話し合ったものだった。それも忘れてしまった夕べの戸口の先で、また何者かが母の死を取り引きしにやってくるという噂が流れた。「願わくは、月の暗さがふたたび迷い込むそのときまで、つめたい正気に憑かれていたいたいね」

(薄暗い階段の途中に座り込んで……)

*

薄暗い階段の途中に座り込んで痛む耳に古いトランジスタラジオを当てながら、人間に贈られたという秘法の物語を聞いている。十字窓に羽の影が映って、見放された正午の時報が鳴りはじめる。っーん、っーん、っっーん…定められた時刻から二、三時間ずれ込み、それが二、三日、二、三十年後だったとしてもこの世にわたしの誕生を引き延ばしはしなかった。というのも廃れた正午の時報をいつの日か聞いた記憶が先立って、日陰る階段を足踏みしながらわたしが思うのは、いまここに起源があるからである。ラジオから「わたしは傘をわすれた」という歌がえんえんと流れ、膠質の冬空に呪文のようにはためき、ときにわたしは傘をふり回し、だれかれを問わずあいさつを送った。街の電光板は骸の山を映し出し、海緑色の霊があかあかと燃えて、サウス通りにはだれもいなくなった。

机上に置きさらされた絵葉書のなかは日光浴をする人びとでいっぱいだ。背に鉛の羽根をくりつけた群衆は誇らしげに路上に降り立ち、新しい世界について演説する壇上の男を塗り潰す。街角で神父はプレスした声で祈りの歌を暗唱し、異教の女たちは自分たちにわからないことは悪だと言いつのり、巣箱のなかで家族は暖炉の火を燃やしつづけた。人造人間の失敗作だったわたしは改良をかさね、工夫されては壊れるようにつくられた。窓の外に生まれ育った有磯の浜がひろがり、疾風が夏の虚ろを荒々しくより戻し、閉め切った家の白い扉から追放された眼差しが人とも獣とも、人造人間とも定まらぬ灰色の眼光を戸外へ投げ捨てていた。そのときわたしは言ってはならないことを言いたくて、唯一そのことばを思い出そうとして、あせってネジを巻く時間と場所を忘れ、墜落しぺちゃんこになった。一枚の絵葉書におさまると、わたしは「わたし」という対象が心の重荷になっていることを理解した。しかしこれらのことはわたしの記憶ではなかったのだ。

都市の特性の路地裏に雨が音立てて降っていた。容赦なく運ばれて行ったブリキの山で、歌えないわたしは聖歌隊の列から抜け出し、裸木にぶらさがってなんでもいいから救われたいと思った。それから裏口で逆さになって雨水をあびると、わたしの渇いた喉はうるおい、わたしにとってこの肉体に勝るものなどありはしないとわかった。肉体がことばになった棺のなかで廃れた世界がふるえている、死体は腐敗を悼む。心の底に有磯の浜から息吹きがとっ、とっ、とっ…、たくましくひそやかに息づいて、四丁目の角に夜の帳が降りてきた。いちめん、紙吹雪舞う凱旋大通りは川風に切断され、空調装置を通って無慈悲な夜の底に郷愁の雨が降りつづいた。

＊

三角空地のベンチに腰掛けて、ようやく言いたかったことを思い出した。「なにをしてもいいんだよ、すべてはゆるされているからね」「そう、それが他者への想像力というものなのだね」。そう口に出すと、なにかをつかもうとする手は母の体内をあたたかく感じ取った。感情の起伏を身に沈め、みんな家のなかに隠れてだれでもいいから愛そうとした。瓦礫に埋もれたカフェ・ルカのまんなかで世界全体が競って歌っていた、為政者はなにも覚えておらず、通りの葬儀屋は窓という窓を全開し、湿気にみちた薬草が鼻をつく極東の薬屋は自国語しか話さず、人が目ざめ、眠る場所に倖せがあるとみんなの意見が一致した。なにをしてもいい、ゆるされてあるオーバー・エンガディーン小屋に人びとが集まってくる。ブリーカー通りにドストエフスキーのうぶ声が生まれ、ジトーおじさんの焼いたパンを噛り、椎名麟三の『私の聖書物語』を読んで、わたしの手のなかで世界が死んでも、わたしでないわたしは死にはしなかった。国の名も、パン屋の名も、作家の名も、通りの名も、それから身を乗り出してわたしがだれであるかをのぞき込んだ瓶の底に午後の終わりの夕闇が急速に降りてきた。

夜がくるとわたしの慰みのためにどこからともなく雪明かりの通りに大陸横断バスが停車する。雪の灯がつぎつぎとわたしの悲しみを追い抜いて、暗くはなかったがとても寒くて、わたしはバスに乗って有磯の海へ沈んでゆくのがわかった。人間に贈られたという譬えの物語がいつまでも聞こえていて、言っておきたいことはなにも思い浮かばなかった。いつの時代にもまして、なにをしてもいい、ゆるされてある街角が自由な人びとでいっぱいになると、人に伝えてきた、わたしの名のもとに書いてきた詩が試されている気がした。窓に叩きつける雪の結晶を仰ぎ見ながら、いつしかそれも忘れてしまったけれど、そこに詩の原理は存在している。

カフェ・ルカの午後の時間が終わると、人間に逆らいながら白い月は消えていった。愛しいリロイ通りに人びとが集まってくるのをいつまでも見ていた。

（どんな人間も家に帰る古い道の果てに……）

*

どんな人間も家に帰る古い道の果てに記憶の束が宙吊りとなった日没がのぞまれる。それは橋のたもとに立って一心に聞いている心臓の鼓動のようなもの、一つひとつうち鳴らすたびに、ときに故郷の鐘も正午の時報も共鳴し、まるでそれは形を誇る亡骸のように青々と燃えさかる。薄い灰となった骨飾りを黒い髪にかざして道しるべとしよう。やわらかい指先でちぎれちぎれの記憶の束をつなぎ合わせると、透かした光の向こうから魔物のような生きものが透かし上がる。魔物ゆえ聖なる衣を身にまとい、生きているものは故郷に向かっていると匂い立つ。起源と終焉はたぶんひとつのものである、瞬時に追い込まれる心臓の竪琴を聴いて人びとは訣れの祝杯をあげる。鸚鵡石が敷き詰められたこの地で、「ユルシナサイ、ユルシナサイ」とどよめく歓声がこだまし、いったん生きた人びとは「つ」の字の形に身を寄せながら「ユルシナサイ、ユルシナサイ」をそっくりまねて言い返す。

書き換えられた道の名は砂煙に巻き込まれ、小道は蔓状のみどり木ともつれ合い、楔を打たれ、野ネズミの繁殖は夜の夢のなかを逃げ出す。町外れの小高い丘の忠霊塔に蜘蛛の糸がからまり犠牲となった霊を引きずりながら、低い空から廃校跡に春の雲を渡してゆく。野放しの計画書から抜き取った二十一世紀の命運を巻き込みながら、気まぐれな遺伝子がオウムガイにつながると、いつと知れずわたしの誕生の由来が語り継がれる日がやってくるという。わたしの形が「つ」の字になった日、下校途中の霜柱立つ田圃から一匹、野ネズミが蜘蛛の糸に巻かれていった。この地からつぎつぎに立ち去って行く生きものとともに、立つ山なみに訣れを告げ、わたしは生まれた家をあとにした。以来、滅んだ家の跡に立つと、家族一人ひとりの生と死は明るく、たぶん「世界」と呼ばれる一切のものの根拠は風通しの悪いこの湿った場所にあるにちがいないと理解できた。はじまりと終わりはたぶんひとつのものである、わたしは頭より小さくなって、終わりの夏の日を見ている。運動場跡に夏祭りのサーカス小屋や露店がひしめき、わたしはわくわくしながら日暮れどきの開演を待った。待つことで、だれもいなくなるこの地でオウムガイの生き延びた理由から躍り出た。待ちつづけて、待ちつづけて、ひとつのことばのために最後の詩が夜の虹にかかってきた。

「断念とはそうしたものだ」――生きた理由をいつしかわたしは生き延びて、昨日と今日はたぶんひとつのなかにある。一人ひとりの孤独は「つ」の字の象徴となり、忠霊塔裏の巣穴で野ネズミが目ざめる。その道にはいつも青黒い羽虫が群生し、命じられれば、ぶつぶつ言いながら下校途中のわたしをつかまえる。この地に生まれ落ちた生きものとともにオウムガイがにわかに色めき立ち、低い空の地にがらんがらんと引きずられ、だれかれの歩みのなかに長く長く息を引いた。

＊

　耳底に海鳴りがして、完結した空の青さに一人ひとり故郷の最後の音を追いつめて倒れる、倒れ込む地面の上で息はちりぢりかたまる。人間は肉体か意識か、どちらか一方に荷担しなければならない生存の掟を負って、輪の中心に放り出されると、人間がつくり出した「ゆるし」のことばに従い、一人ひとりの孤独を八つ裂きにして無慈悲に朽ち果てた！　生命の尽きた街の競技場跡に紅白の騎馬隊が列をととのえ、まぼろしの隊列の狂乱と歓喜の喚声がとどろき渡り、この欲望の街はこの世のものとは思われなかった。あれかこれか、ことばによって択一不可能な出来事は、人間本来の愚かさによって生きた理由を埋め合わせる。幻影を契機とした救済の物語は最後の燐光を放つそれ以後の黒い光のなかの「奇蹟」の対象だったと言い伝えられ、もはや「故郷」のことばは人びとから忘れ去られた。

　鸚鵡石が敷き詰められた路上で、人びとは故郷を懐かしみ「ユルシナサイ、ユルシナサイ」をそっくりまねて繰り返す。忠霊塔跡地に虹の川がさらされる、姿を消した野ネズミの伝言がさらされる、はるか低い空の地を離れて生き延びたわたしは「つ」の字の形となって、遅れて届けられたひとつのことばのために最後の詩を書いている。

（『種まく人の譬えのある風景』二〇〇八年書肆山田刊）

詩自体――知られざる poésie の試み

1 実験台と祈禱台

――「知られざる poésie の試み」と書きこまれた最古の本が標本箱に収まっている。収められたのは詩の言語と紙とペン、そして多数の生きものたち、植物、鳥獣に虫、魚たちの声のしるし、人間に詩人という呼び名はあるが、かれらは前提をもたないので使わない。その用語には決定的な述語がないのだ。収めたのはおそらく充実した無媒介的な担い手によってだが、いいかえればその手は名づけることが不可能な一種の形成物と理解する、またそのものはテクノロジーの産物ではないと推測される。人間は言葉というものに身をゆだねているので、箱のなかでは金色の塵となった声や音の痕跡だけが綺麗な風に吹かれている。人間の言葉は野放図に緻密に事物・場を加工し、型に嵌めた有用な理念として管理し統制をもくろむ。存在と行動の間を占める空虚な巣穴をぶら下げ、苦しみ悩む生きものたちの永劫の呪詛、魂に刻印された死の腐敗、人間的な真実愛――生命の尊さ――犠牲――原罪意識が導入される、それら認識の領野には実験台と祈禱台が並置されてある。だがどのような力関係で働きかけられようと、進化するホモ・サピエンスという分類以来、二装置に捕捉された最古の本は呪われた傑作だ。まして作者たちは存在証明をなくしたまま存在し続ける、埋もれた文字は土片となり、声は喉を全開したまま干からびて魂に対置され、沈黙はしゃべることによってあばかれ、伝えようとすれば意味を見失う、叫びは贖罪と救済を特化する究極の相となって分裂し続ける、なすすべなく祈禱台の上にカタバミの葉が添えられてある。一方、実験台では変形した自然種、詩の言語に捕捉された poésie 種というひとつの実体が「私」という多数の主体化の場を要請すれば、時間の歴史的要素はピリピリ、プワプワ、ヒワヒワ、ヒワヒワ莫大に増殖し、主体化し、発展可能性の場をもつ。滅びることのない標本箱の底で目ざめるpoésie種はウスバカゲロウやゾウリムシやカメムシと並んで、想念の種をやどしている。幾何学者であり汎神論者でもある形成物によって創造された宇宙空間の惑星モデル構想は定義づけられる、そこにpoésie種を「人間的」にする「人間化」の網目が貼られる、人間的な規律が強いられる、「私」という自然律を可能にするのはpoésie種という生きものたちと詩の言語との秘密の回路だけだ。「私」とpoésie種の交感がおぼろげに滞留する、その様相は文字にすれば字母のように地に波打ち、声にすれば死んだ文字、非言語的なものの無意識のうごめきが可視化されるとすれば、poésie種は死をまとったわれら生命の問題から分裂する生きものである。ゆえに世界を構成する可能性から閉じられ、透明なロバの目をして存在しないことができる存在になる。追憶という時の膨張と弛緩——最古の本は実験台と祈禱台の境位を定義づける奇蹟の忘れ物だ。それが「知られざるpoésieの試み」と書きこまれた詩の用語のひとつのはじまりであり、消失点である。

2 poésie種の実践的活動

呪われた国（家の管理——摂理——福祉国家）とは理想のはじまりだったろうか　終わりだった
もっとも気弱で従順な寒い国　人体が冬木をカーン、カーンと鳴らしている
ここにいるとなにも見分けられないが　懐かしい思い出ばかりが意味を持ってくる
星図は神の家（生と創造した世界）を管理運営する任務を担っている
有用だとされる生命には法則がある　神棚の上は綺麗な風が吹いている
人間はなにごともよく見えるようになることに捕えられている
地上に垂直に立って　テクノロジー（道具やガラクタ、言葉）で光をもとめ続ける
だが手を上げてふれうるのはせいぜい帽子のてっぺんくらいだ
仰ぎ見ればジェラルミン製の物体が鈍く空に溶ける　巣

穴や深海に防御靴で歩く
心象風景は民族の壁に貼り付ける　国境沿いに気晴らし
に奇怪な物体を埋め込む
摂理にもとづいた貯蔵庫で目ざめる言葉は実践し訓練を
通じて規律社会をめざす
夕暮れの瞳の奥から原初の光が出てくる　受苦を背負っ
た几帳面な出自の記憶だ
そのきらめく自由の光旗の下　規律正しい時間を運行す
る街中を歩く
いたるところに門が開いている　だれも通らない
ずっとここで待っている　時間の運行を実行するとはた
だ待ち続けることだ
ずっとここに生きている　夕闇の鐘が響きわたる　人間
の振るまい　身振りは空回りする
どこに帰るか言わない　言えない息苦しさがある（言語
も権力と接続されている）
だれも通らない門とは　通ることが可能な来たるべきも
のが通るということもない
最初から門は開けたままになっている　いずれだれかが
門を閉めるのだろう
その規律はずっとここで待っているわれらマリオネット
人間の宿命にかかっている
生き残されたものたちの忍耐は「入りえない」理由をだ
れにも問えないことにある
生命という尊さが社会を乗っ取っていった自然統治世界
にあって
摂理の概念に基礎づけられてただ許されることだけを待
っている
朝になれば地上の軋りが口を開く　門はまだ開いてい
る　ぶつぶつ言いはじめる
最初から門は大開きのままになっているので　来たるべ
きものは馬上で安穏としている
生き残されたものたちはどのような誘いにも応じず　だ
からどこにもたどり着かない
「入らなかった」門前で破局へと向かう任務を遂行する
なんびとも立ち会うことは許されずに　人体がカーン、
カーンと鳴っている

（「現代詩手帖」二〇一〇年八月号）

散文

旅の途中　〝狂児にかえる〟一瞬

ふかい溜息の底に言い澱んだように軀をうずめると、まるで方向感覚を失ったようにだれかがわたしの顔つきまで奪っていくのである。

夏の夜の習練がしずかにあたりを鎮めると、ここワシントン・スクエアのそばにあるニューヨーク大学の図書館の一室から、エンパイアステートビルの黄色いあかりがまぶしくひかる。大きな樫の机が北に向かって置かれてあり、ひろびろとした大きさ、それだけで魅力的な机のひろがりはエンパイアのはるかなる高さと軸を交差して夏の夜を際立たせていく。この街でいちばん気に入った場所かもしれない、とふっと思ったりする。

ことしの冬から目的も定まらないままニューヨークで暮らしはじめている。日本を外側から見つめてみたい、という理由もさして大きな問題ではなく、自分自身を壊してみたいという欲求もこの大理石づくりの図書館の一室にあってはなかなか満たされそうにない。

言葉の通じない不自由さがかえって快適なくらいであり、「英語」がポキポキ音をたてて折れていく小気味良さだけが、英語との関係を成立させているというのもふしぎなものである。この一夜、夏の夜の一帳を押しひろげている。小杉町を離れてすでに十六、七年。無理強いして小杉町を浮き上がらせると、生まれ落ち、そして育った小杉町は時代を経ないままの姿で影絵から抜け出てくれた。

小杉町の西のはずれ、西の方角に向かって建てられた小さな家は田んぼの真ん中にあり、通り道からは背を向けて建っていた。父が好んでそうしたのだろう。湿った細い路地をつたいわざわざ回り道をして玄関がひらかれてあった。

父が高岡市へ引っ越して以来、廃屋と化し人手に渡ってしまった西日のあたる家である。いまはもちろん跡かたもなく消えてしまっている。戦後の貧困期に田んぼを埋めたその土地は石灰土であり、風防のために父が植えた杉の木も思うように生長はしなかった。

小学四年の春、母があっさりと死んでいったのもこの西日のあたる家である。とつぜんのひとの死は〝寂しさ〟や〝悲しさ〟のなかには感じられず、ただ朧げな「死の恐怖」だけを後年わたしに植えつけていった。貧しさを精いっぱい享受し、内職の山を部屋いっぱいに散乱させてこの世を去った母の記憶も、野いちごやアヤメの花の根づよい逞しさも、まるで一駒の幻影のように、いまこの図書館のガラス張りのひろさに張りついてしまっているようだ。


外の濃い緑の木立から薄闇がゆっくりと降りてくる。ここニューヨークは日の暮れるのが遅い。

夏のあいだは八時を過ぎてもまだ薄明るく、人のこころを勢いある動きへとまぎらわせていく。

広場では言葉を失った若者たちが一晩中踊りつづけている。置き忘れられた死のそばで、眠る順番を待っているかのようだ。その横顔を遠く見つめると、わたしの好きな詩作品のひとつ、黒田喜夫氏の「狂児かえる」が波のようになだれ打つ。ここガラス張りの内奥に浮かびあがる狂えたわたしがいつしか、まぼろしとなった廃屋の家に戻っていく、まるで底に沈んでいく人間の最期を見るように頭を砕かれる思いがするのだ。


去年の夏、旅の道すがら車で通り抜けた小杉町はすっかり変わっていた。新しい国道八号線が走り、北陸自動車道が街を貫いていた。ネギ一本を買いに走った角の八百屋、臆病なこころで通いつづけた小学校も移転し、街のすみずみの思いが打ちのめされるように古びたたたずまいを変えていく。わが西日のあたる家も潔く跡かたなく消えうせていた。しかし何も郷愁は残らない。

冷房でしんしんと冷えてくるガラス張りの一室で、エンパイアのうえでは〝赤い雨〟が降るという伝説のような話をそばで聞きながら、じっと眼を凝らす。狂児にかえったわたしがしかし、戻る廃屋もないままに一本の葦のようにふるえている。朽ち果て尽くすまで手入れなどしなかった小杉町の西日のあたる家から、すでにわたしの狂児への旅がはじまっていたような気がする。

下条川の桜の木、あのくすんだままよろよろ立ちつづける姿を見たとき、すべてが幻想にまぎれ背中からは火柱が走り抜け、ガラス張りの外側の世界へ貫いていくのだった。（「富山新聞」「ふるさとつむぎ歌」一九八一年九月十日）

幻の手紙――倉田一郎様

昭和二十二年五月二十日と言いますから、わたくしが生まれてまだ半年にも満たない頃でしょうか、あなたが他界されたのは。わたくしの脳裡に刻まれているあなたの姿は兵隊服を着こみ、横向きに顔をすこし傾げながら歩いておられる写真からです。多分わたくしの父、つまりあなたの弟のアルバムのなかで垣間見ただけで、特別の印象はなかったように思います。ただ父のふるい本棚にあったあなたの著作の『国語と民俗学』や『農と民俗学』が、いま描かれた風景を色濃く満たしています。しかしなぜ、突然あなたへこのような手紙を書き出したのか不思議です。

（人間が死なずにすむ
　　　空間はないのか）

これは最近読んだ吉岡実という詩人の「蓬萊」のファーストフレーズです。この言葉の発見はますますわたくしを、ゆきつくことのない時間から逃れられなくさせています。そんな関心事にわたくしの行方を追っている頃、ちょうど上京してきていた父と地下鉄に乗ったときでした。ぽつりぽつりと父は窓ガラスにうつる自分の姿の、その時間を凝視《みつ》めるように、あなたの突然の死について話し出していたのです。それは淡々とした様子で、その濃い陰りは父が老いてきたという凝縮の気配であり、わたくしはそれだけであせり出してしまっていました。そして窓ガラスにはあなたの影が巨大な姿となって立ちあらわれたのです。

終戦後、川崎の連隊から除隊されたあなたは健康をそこなわれ、高岡に戻って民俗学の仕事を続けていたようだと父は話し出しました。あなたが亡くなる前日の五月十九日、間借り住まいをしていた荻布の村祭で、父はあなたに招かれて久しぶりで酒をくみかわしたと言います。四十年ちかくも昔のことで父の記憶もあいまいでしょうが、東京から離れた後の生活のことや、これからどうして行こうかなどを話しながら、父はしたたか酔ったようですね。十時すぎ、父は汽車で小杉町に帰ったと言います。それから数時間後、二十日の未明、父のところにあなたの急死の電話が入ったのです。「そんなはずないですよ、さっきまで二人で飲んどったんですよ」。父は直ぐさま、オンボロ自転車を駆ってあなたのもとへ走ったのです。あなたが深夜に倒れて直ぐに、医者の人工呼吸が三時間あまりにわたって続けられたそうですが、呼吸は戻らなかったと言います。病名は「心臓マヒ」とも「脚気衝心症」とも名付けられました。そして父はもうひと言、こう言ったのです。「どうも、よぉ、わからんけど、書くためになんかぁ、気を立たせる薬みたいなもんを飲んどったがやないやろうか」「えっ、お父さん知っとったの」「いやぁ、なんも知らん、知らんのやけど」。

「死も一つの放浪である」

これも吉岡実の詩の一行です。そのときわたくしはあなたの行方を見たように頭のなかの水脈を感じていたのです。
わたくしはいま、こうして書いているしっかりした手のなかで、生死の感情に満たされて死を空想しています。（人間が死なんでいい空間はないがやろうか、）一郎おじさん。

（「現代詩手帖」一九八五年八月号）

わがアデン・アラビア——再現ではなく忘却のためにに（抄）

あんかるわ断章

死と怖れ

私たち生きている人間にとってその人の名が懐かしく呼び起こされるとき、どのような思いのなかにその人の幻影を見ているだろう。私はいま菅谷さんのことを考えながらニザンの生涯に否応なくとらわれているのは、この二人の生涯が何よりも執拗に「死」の言葉を深く許容していたと感じるからである。ニザンの青春の彷徨、精神的自伝といわれ、不安や恐怖そしてブルジョア社会からの闘争宣言とされた『アデン・アラビア』[*1]において、ニザンはアデンへの航海の意味を「海の上にいると、自由とは、ただ、不在と等しいものとなる」と述べながら、生と死が「ただひとつに溶け合ってしまう」人間存在の完結性を描き出している。「ひとはかつて一個の肉体というものを持っていた。一時的に肉体はいま、ひとにのこされている。しかし、それはあくまでも一時的にだ。だから、肉体が逃げ去らないようにしなければならない」。光に透ける影のごとく人間は一時的な存在である。だから「海の上にはなんと多くの冥府があり、なんという忘却が、なんという眠っているような息吹が、（略）四方八方から亡霊が現われるのだ」と死を恐れる。死に苛まれるニザンを酔うように感じとり、酔うことに身を振りほどきながらも呪縛されたのは、ニザンの不安な自我の覚醒が根源的な自由を求めるゆえの、ブルジョア社会解体への政治意識に取りこまれた時代の悲劇性を物語っていると考えたからであった。ここで示されている真の生を追求するニザンの自由の意味は何ものにも還元されえない人間的現実を生きるという理想にほかならず、そこは地上における人類の連続性の喪失を危惧する絶望的な視点に立った世界への抑圧がこめられている。そしていま私が「わがアデン・アラビア」と題して、「あんかるわ」を通した詩の出会いを語りはじめるのは、こうして時代という歴史的な現在に対峙して詩への覚醒を遡行してゆく過程に、ニザンと菅谷さんを結ぶ共通の意識、一個の死のイメージ「僕は死んでいる」を見ているからではないだろうか。私と詩との出会い、その宣言ともいえる〝アデン〟を繰り返し読んでも、ニザンのアデンへの脱出の意味や、そこに何を期待していたのか、核心は曖昧だ。しかしついに「僕はあちこち回り道をしたあげく、かつてあれほどまでぼくを恐れさせた枝の上についにまた落ちてしまった。ぼくが言いたいのは、会いたくないので逃げ出したあの恐ろしい影法師をまた見出した」植民地の町で、孤独に「ヨーロッパを圧縮したアデンの姿」に再び遭遇したニザンにとって、この脱出は西欧における近代資本主義の闘いへの決意になっていったと受け取ることができよう。「革命的人間は、魂なしですましうる存在だ」といい切るその姿からは、やはり虚無に導かれた死のイメージが濃厚な幻影として私の前に映し出される。

　一方、「自分の死をどのように完成させることができるかを、（略）夢がそういうことをわれわれに考えさせてしまうから」と語る菅谷さんの、そこには意識して（死を）考えることを拒んだとしても、夢が考えさせているという、やはりここでも悲劇的な死の物語を、生の持続の一環として結ぶことができるような気がする。そのことが「自分もいずれは死ぬんだと、死ぬということは避けられないんだということを認めている」、そのことによって「自分が「いる」ということができる場所、それが〈世界〉だといってもいい」[*2]という世界観に耐え続ける実存的な詩人としての生の姿を私の前にあらわしてくる。詩、革命そして死――この原理的な言葉のトライアングルは刻々変容しつつたえず視界を揺さぶりながら、一篇一篇の詩は強固に不自由な生の部分で私を支配するようになっていった。

小さな紙の数字

「いま住んでいるところは、十七年ほどまえに越してきた。多摩丘陵の一角にあたる高台につくられた団地で、標高は海抜百二十米くらいになる。……東にむかって谷あいのかなたに東京タワーまで視界がとどく……」と描かれる「縄文的遊魂、か。」[*3]。このゆるやかな傾斜地の団地に偶然にも私自身が住むことになった。それからだった、当時菅谷さんの熱心な読者だったわけでもない私のなかに〈詩人菅谷規矩雄〉が存在しはじめた。遠い存在でありながら近くに見ることができて、名前は幾つもの著作や雑誌で知っているはじめての詩人だった。当時「現代詩手帖」への投稿を終えた後、書く場所もなく、第二詩集を出したものの反響もなく自分の詩集の山を見ながら、これから先どうやって詩を書き続けていったものやらと、呆然とした日々のなかだった。それでも読売新聞の詩の月評で「不幸の建設に飢えている」と題された北川透さんの一文に自分の名前を見つけたときは驚いた。こういうせつない思いは後々までずっと覚えているものである。それからしばらくして私は何の理由もなくアメリカへいった、そして一年以上過ぎてアメリカから戻ってきていた。肉体は何をするでもなく重みを失い、多摩の空は青く、地の上でなく空をさ迷った――。

ある日思い切って私は菅谷さんに詩集を持ってゆくこ

とを決意した。八十二、三年頃だった。実際そう思ったものの躊躇した。突然訪問して迷惑ではないだろうか、いらないといわれたらどうしよう、どうしようと思いながら、何度も菅谷さんの家の郵便受けに名前を確認しにいったりきたりしたものだった。午後の早い時間だったと記憶する。新しく詩集を出したので、持ってきた旨を伝えると、菅谷さんは「(あなたのことは)知ってますよ」といわれた。(えっ、ほんとに?)。それから小さな白い紙に、電話番号を書いて手渡された。あのときたぶん私は「あんかるわ」を見せてほしいといったにちがいない。「あんかるわ」に寄稿したいといった覚えはなかったが、寄稿してもいいという連絡が後で入ったような気がしている。押し売りのような突然の訪問は恥ずかしかったが、はじめての出会いは夢のなかの出来事のように嬉しく、詩の世界への回線がつながったような気持ちだった。あの紙切れに鉛筆で書かれた数字はずっと頭に刻まれた。その後電話することはあっただろうか。そう、あったのである。そのときは後に新井豊美さんと三人で、詩の同人を組むことになるとは思いもよらなかったが……。

「周辺をみてみようと散歩にでかけ、流れにそってその山の向こうがわにでたとき、わたしは、ほうっと、夢見心地にさえなった。(略)水田がつづいていて、レンゲ草が花盛りであった。(略)十軒たらずの農家が、日差しに赫いて、(略)柳田のえがくがままの、源境であり、自足のさまではないか。(略)多摩丘陵のあちこちに、ひだのようなくぼみをなした「谷」が自足的な集落のすがたを、残していたのだった」(「縄文的遊魂、か。」)。ニューヨークで集約的な都市の極点を感じて戻ってきた私は後になってこの箇所を読んだとき、そこを歩いている自分の姿をかさねて胸が熱くなった。この広大な団地の周囲は所々驚くほどに深い木々が生い茂り、うす暗い小道に入りこむと方向さえも見失うほどだったし、傾斜地の日なたには野菜畑がひろがり、残された何軒かの古い農家が明るく揺らめいて息づいていた。こんなふうにこの土地をよび覚まし、ここから深く死滅を待っている時間の必然を描写できることをうらやましく感じた。私たち団地の住人を「最後の異人」として、「山人のすがた」としてとらえる現在的な視線に日々の暮らしを同じ異人として、わずかな生と死の時空を共に生きている感覚が底深く結ばれたように思えた。そういえばニザンもアデンへの航海上で感慨をこめて、自分は農民出身のフランス人であるといい、「ぼくは畑が好きだ、ぼくに残された生涯を、このたったひとつの畑で満足して過すだろう」と語っている。

菅谷さんの詩と死

菅谷規矩雄を称する形容詞に死の言葉はつねにくっついてくる。なかでも菅谷さんの〈詩と死〉の本源にふれた論考「自同の構造――ハイデガーの《ことば》から――Ⅵ声なく告げることばの、しじまのひびきを聴け(前)」[*4]を読むと、「思想が、詩のことばになりきってしまおうとしている」言葉の直截な様式について、ハイデガーの言葉をたどりながら、死の不可能性という主題を説いているる。ここでも私が関心を抱いたのは死の恐怖についてである。特に註に取り上げたトルストイの《イヴァン・イリッチの死》の終わり近く、「恐怖はまるでなかった。なぜなら死がなかったからである」の一行にひきつけられていたとして、死の恐怖の克服を「死の聖化（超越性）とはちがって、むしろ内化されたがゆえの〈死の無化〉なのであるとかんがえられる」という。私自身この物語を、多様に解釈される死のひとつの内部に導かれるように、直線的に本質に向かった核心の内部へ、隠された死の内部へと、虚無の洞をまさぐるようにして読み終えた感覚が思い起こされる。こうした極限的な死、死の閾を描写した作品を幾つか頭に思い浮かべてみるとクンデラの『笑いと忘却の書』のタミナ、このイリッチやニザンの〝ブロワイエ〟、死の想念にさらされたリルケの〝マルテ〟においても、人が記憶を失ったように恐れるのは《屍体》になってゆく〈私の死〉に通底しているように思われる。

そうして菅谷さんの死の文字は『死をめぐるトリロジイ』[*5]の「手記ノート」巻末の章になって、人の死から「私は死ぬ」という不確かな場所へ、大きく展開してくる。いま任意に一冊、一冊を開いて、詩のモチーフや時評的な一文、論考、晩年の作品、さらに手元において参照している「あんかるわ」終刊号[*6]に寄せられた〝菅谷規矩雄の世界〟を読みながら、内在する言葉と死に対する執拗な眼差しからは、日頃の快活な声の菅谷さんを思うと何か不可思議な印象と難解さを残している。そう思って久しぶりに終刊号を読み返してみると、そのなかに、「菅谷規矩雄に「死」は似合わない」とはじまる村瀬学氏の「「かんぞう／肝臓」論」は異色であらためて関心をひいた。「なのに、晩年（といってよいのか）の彼の書いたものは「死」のことばっかりだ。どのページを開けても「死」の文字がある。まるで、晩年の彼は「死」のことばかりを考えていた、みたいにみえる。ここには何かワナがあるみたいだ」。思想家、詩人として生きる能力として「死」の概念が必要不可欠な生の源泉だったということだろうか。村瀬氏はこのワナのように感じたことを、思想のかんぞうと身体の肝臓に類推、並位して明晰に分析している。身体機能として「原生的で、最も躍動的で、最も生命的な能力」をもつ肝臓こそが、――「喪失‐回復」を手がける最も「律動」的な臓器である――と語り、「律動の人」であった菅谷さんの思想と対比しながら、菅谷さんは「日本思想史の中で、「かんぞう」のような位置の取り方をしていた」という。それは――「外国語＝体外」から入ってくる異物たちに対して、母国＝自らの持つ固有の律動を手ばなすことなく、律動になじむように、それらを分解し、組み替え、解毒して、体内（母国の人々）に送り出そうと懸命になっていたような気がする――。しかしこの固有の思想のリズムの吸収に、解毒の必要な身体のリズムは追いついてこなかった、つまり――「思想としての加速」に「身体のリズム」がついてゆけなかった――ゆえの死であったのではないかと語っている。こうした一文などを読みながら、菅谷さんの死にあらためて思いをめぐらすと、最晩年に書かれた幾つもの「詩」のわからなさの萌芽がただ無言の言葉のようにひびいて私の胸を打つ。

そういえば当時、「Zodiac Series」の打ち合わせが終わって、国立から百草の団地に一緒に帰ることもたびたびあった。その道々、菅谷さんは「僕は詩人なんだけどね、詩の依頼はないんだよね」とポツリと口にしたことがいまはとても印象的に思い起こされる。菅谷さんは思想家としての名より、詩人として「詩」を読まれ続けたいと望んでいたのではなかったか。その姿を窺い知ることができるのは、『ロギカ／レトリカ』のあとがきに書かれてある、観念の究極としての詩の在りかを求める切実さである。「思想のことばが、しきりに詩のありかをたずねもとめるその切実さの由来を、（略）思想が〈ことば〉であろうとする、そのとき、〈ことば〉が、思想を、ことばじたいの局限（臨界・クリシス）へとみちびいてゆく。そこにおいて、思想は、ことばのこの局限に、世界の終局を、とはいかぬまでも、世界の始源のすがたをみいだすことになる。それが〈詩〉とよばれる、ひとつの観念の究極相なのだ」。――「僕は詩人なんだけどね、……」という肉声がいまもどこからともなく甦ってくる。

告発の声、無言の言葉

私たちは失うべきものは何ひとつないのだ、と陶酔的な言葉からではなく、自己を統一する肉感のような感覚でいい切れるだろうか、と考えると不安がつきまとう。生の暗澹、死の恐怖に引き摺りまわされる人の生涯は何によって還元可能なものへ転化することができるのかわからない。最後にくるのは死だけだ。ニザンは恐怖と戦うためにものを書き続けたと『アデン・アラビア』のなかでいっている。いま歴史的に見ても交差することのない菅谷さんとニザンの作品を同時並行して読みながらその生涯をよび出しているのは、この二人には残された告発の声の情熱を払拭しきれずに、ある種悲壮な破滅感のようなもの、たとえばサルトルのいう〝武器をとれ、憎しみを持て〟、〝和解などあり得ない、中間は存在しない〟に通じる一極限に垣間見える空語の世界を感じとるからにちがいない。サルトルはニザンについて「彼の死後には、一つの拒否の消滅以外に、何も起こりはしないだろう」[*7]という。死の恐怖とは何だったか、書くとはどういうことだったか。菅谷さんにとっては何だったか。私にとっては何か。若さゆえの禍々しくも荒々しい時間が吹きすさぶ短い興奮と昂揚の時期は足早に過ぎ去り、世界は途轍もない歴史の怪物となって立ちふさがる、いったん背負った生は空虚の穴を徐々に大きく覗かせ、不気味な光に照らし出された薄暗い領域に未来という時間が押しひろがる。未来の時間と名づけていいものかと途惑う、「精神の違法性（詩）を、存在の違法性へと転位すること」[*8]の糧として、それでも生きなければならない無言の時間はひろがっていた。

菅谷さんが語る「無言」という言葉に私は強くひかれてきた。何ひとつ失うべきものがないとはいっても、現に生きる日々のなかで無言の言葉が内包するいい表し難い背理のイメージを失いたくないと思ってきたように思う。そこは生と死を分かつ転換可能な領域に書くことの、何ものにも到達しないという文学の不可能性の魅力、逆説的に展開される言葉の原動力が横たわっているように思えたからでもある。菅谷さんを知りはじめた頃、その人が生涯どのように詩と向き合って生きてきたのかは知る由もなかった、関心はそのときその瞬間に書かれたものであったし、その書かれたものを読んでも当時、菅谷さんが覚醒した何ものかへの入口の扉は頑強で簡単に覗きこむことは叶わなかった。そこに手をかけるには私の覚悟が必要とされた。しかし死後になって、〝死後〟の言葉の持つ時間的な空白に身をおくと、絶対に知ることのできないふしぎな領域に誘いこまれるようにして詩が近づいてきた。近づいてはきたものの、人は再現ではなく忘却のためにこそ語られる物語が成立するという、逆説的ないい方のなかに私の視点は据えられた。『無言の現在』の存在はそういっている、ちんまりとした座はいらないという。そして無言という言葉の意識は醸成され、饒舌だった。この無言の言葉がどのように菅谷さんのなかで生成されてきたかを考えてゆくと、ニザンの告発の声とどこか見果てぬ時間の先で交差し、見知らぬ夢のなかを二重奏のように重なり合って私に聞こえてくる。

菅谷さんの告発の声に耳をそばだてる。思想と文学に引き裂かれていた六〇年、七〇年代の現在的な声に、一途に詩のリズムに言葉の根源をもとめていた知り合った頃の肉声を重ね合わせると、今日のような穏やかな冬の午後、西に傾きかける陽射しが広場に映りこみ、もはや何事も起こりえない世界に取り残されたネガティブなひとつの光が仮想した光景をつくり出す。ずっと後になって、菅谷さんの日々の暮らしぶりを何かで読んだ。原稿を書き、本を読み、買い物をし、テレビを見て、原稿を書き、本を読み……同じ団地に住んでいたのだから、同じような箱の部屋の生活だったであろう、一日の午後になり、ふと窓から外に目をやると菅谷さんが買い物にゆく姿が偶然にも西日に透けて見えていた。あれは幻影だったろうか、いや、いつも夕刊に目を通しながら団地の広場を横切って商店街の方へ消えてゆく姿があった。あの頃を思い起こすと、私は何をしていたのだろう、詩については何を思っていたろう、遠い日のように思われるが、ほんの少し前のようにも時はゆっくり進み、夕陽が途切れて一塊ずつ手のなかに落ちてくる。

　菅谷さんに「解体新書」という個人誌があったのを知ったのも後になってからのことである。いま手元に「あんかるわ全表現目録」という小冊子がある。「あんかるわ」が終刊して北川透さんから送られてきたもので、創刊号から八十四号の終刊までの全ての作品名が記載してある。この膨大なクロニクルには「あんかるわ」の全総体が貯えられていて、内容そのものが行為として、時代におけるそれぞれの作者のありようを喚び起こす。「同人を組織解体し、わたしの個人編集の雑誌にした〈あんかるわ〉を、彼ら（菅谷さんと松下昇氏、引用者註）の闘争の表現レベルでの媒体とした」という北川さんは「あんかるわ別号《深夜版》3〈解体新書〉第一冊」を刊行している。また同時期「情況」に書かれた「〈解体新書〉69～72」を通して、ニザンに通じる菅谷さん固有の告発の声を聞くことができる。

「あらゆる表現をたたかいの凶区とせよ」――「〈授業〉拒否――われわれの現在」と題された明確な意志表示には明らかに文学者としての根拠を宣言するアジテーションが見られる。「文学とは、もちろんどんな個人的趣味でもなく、表現‐批判‐理論の総体として存在する行為であり、その基底における絶えざる思想闘争こそが、文学者の自立・表現を可能にするのである」。政治と文学の不可侵の構造に「否」の姿勢は必然的な存在の選択であり、その根底に溢れていた「無言＝存在」に、詩の試みが同時進行して行動を起こすことになったように受けとれる。いったい告発の声とは何か。現実をどう捉え、思想的概念に位置づけられていたのか。この時代の菅谷さんの発言を読むと、抑圧される側に立つ告発の声と無言の声のはざまで、噴き出した現実的な闘争に対する態度と自己批判を対抗させた身ぶりから、悪矛盾的な、不条理な悲鳴が聞こえてくるようだ。世界のありようをどのように受けとめ、言葉を発するのか――詩とは何か、に跳ね返ってくる問い、その根底には言葉の原理そのものへの洞察と苦闘が横たわっている。

「わが肉体は〈私〉のバリケード〈もうどこまでも生きる〉と言いきりたいのだ」「書くことがみいだした無言、すなわちわが肉体――すでにわたしは存在を断言したのである」。無言録に収載された幾篇かの鍛えられた詩篇から、無言＝存在として詩を書くことの根拠が示される。ここに頻繁に出てくる〝肉体〟は何を意味するだろう。自我か、言語としての身体か、はたまた詩への変身願望か。いま読んでみても、この無言録は身にせまるせつなさで、《不合理ゆえに吾信ず》を確かめているように悲しくひびいている。また同時期に書かれた「戦後詩の現在――一九六八年を論ずる偽ファウストと偽メフィストフェレスの対話録[*9]」と題した「手帖時評」でもその苦悩が読みとれる。「――詩を成立させるのは個的な表現の原理であり、この本質は集団の思想表現と、またそれを抑圧するものに対しても、原理たることの根拠を失わないものだ。このことを敗退の過程でつきつめてゆくものは、必然的に肉体としての〈私〉の存在にゆきあたる」、さらに「〈デモンストレーションの身ぶりをふみこえたとき〉、そこに詩の立場からあゆみはじめるものの証明がありうる」という。詩が政治と一対一の対位をなしうる根拠がなければならないとする表現の原理の問題に、そのことが現在的に求められている詩のありようではないかと言及する。あくまでも詩の立場に固執する自らに対して、内的な敗退がすでにはじまっていたと書くこの一文は、どこか自嘲気味でありながら唯一「敗退のみじめさ、卑小さは、すべてぼくじしんに、ぼくが書くことに集約されるほかない」とする無言の言葉の創出と持続に収斂してゆく姿が浮き彫りにされる。この問題は同時代を学生として共有し行動していた私自身の問題として、そこはまだ詩を書くことに至りはしなかったものの、「デモンストレーションは表現である、とひとつの命題をおいてみよう」と私は考えることもなく、私の二本の足は路上を駆け出していたのだ。

しかしそれから十年を経て、菅谷さんは「解体新書」や「無言」という観念についてあらためてインタビューに答えている[*10]（インタビュアー米沢慧氏「無言・情況・モノローグ」）。十年という時間の隔たりは静かな時間を引き出し流れえたのだろうか、この少し長いインタビュー文はその頃の菅谷さんの熟考された清々しい横顔を窺うことができよう。こう切り出している。「……大学闘争に関与し加担するかぎりにおいて、じぶんの文学あるいは詩は〈無言〉の領域のおくふかく封じこめざるをえなくなるだろう。……思想的な概念といういぜんの、より個人的なモティーフであった度合いがつよいのです。文学や詩を〈無言〉の内部に封じこめて、むしろものを書くこととは逆の方向へ情況をつきぬけてゆかなければ、ふたたび詩と合体することもできないだろう――そのような危機意識でした」。いつの日か〝詩と合体する〟ために無言が内包するものは時代の特殊性と特権的な若さにはありえず、確信犯的に文学との結合を目指したゆえの直接的な挑戦であったのではないか。詩との相克に矛盾を感じながらも〈無言を断行せよ〉を「ひそかなスローガンとしてかかげていた」と当時の内心を述懐しながら、《迷路のモノローグ》である現地点（八一年当時）を分析し、あらたなダイアローグの形成のため、このスローガンが成就することをねがう文学者としての態度表明が見られる。これらのことは文学者としての自己回復をはかる必死の想像力と言い換えることもできるような気がする。

こうした発言のうえに立って思いをつのらせると、自己回復としての「解体新書」の発行は菅谷さんにとって生涯を通して、文学者としての自立性を特色づける大きな営みのひとつに数えあげられる。「無言の不可能さとモノローグの不可避さという個的な情況を、なんとかもちこたえようとする意図」であり、「詩作をつづけ評論を書きついでゆくうえでのよりどころであった」がゆえの

「解体新書」であった。しかし七〇年代後半になって、菅谷さんは同時代的な実感が希薄になっていったという。その意味するものは「戦後社会のどこにも帰属する場をもたないという現在の位置」であり、こうした行き着くことのない帰結を現実感として捉えはじめたときに見えてきたものこそが、詩の言葉、詩と合体する観念だったにちがいない。そしてたずねもとめ続けるなかで「思想は、ことばの局限に、世界の終局を、とはいかぬまでも、世界の始源のすがたをみいだすことになる。それが〈詩〉とよばれる、ひとつの観念の究極相なのだ[*6]」にたどりつく。しかしそこからの「ことばの思想」の課題はさらに混迷を極めてゆくことになった。しかしいま思えば、「(そうだ、おれはことばから生れた肉体)」と「詩片第一」に書きつけた「解体新書」の試みは、情況に身をさらしつつ、いつの日か〝詩と合体する〟ための詩の不可能性をよび覚まし、敗北を舐めることになると知りながら、集団的なアンガージュに身をおく只中で不安な自分自身の内部の声に身をしずめていたにちがいない。その道すじに「死はいかなる情況であるか――第一のテーゼ、自然死は不可能である。そこに情況における〈私〉の現在がある」と、その何十年後のありようが予見されている。

菅谷さんにとって声高でなくうち沈みながら地上におちる世界という言葉が、それまでの予測をこえた思想として投げ返されるとき、理想とする世界の像はどのようなイメージでひろがり続きえたのだろうか。私はいまここにいて時間の推移をながめやりながら、ふかい充足がもたらされる一日、一日とは人にどのような精神性と日常感覚の切り結びをもたらすものだろうかと考える。人間が後から後から絶えることなく続き、世界のありようと一線でつながれた身動きできない肉体の尾の結び目に、単純に人間によって発見された言葉、あの〝赦し〟の言葉に還元されてしまう気がしてならない。しかしなぜか真理は――世界の構造はそのような文学的な視点では海の藻のようにからみ合ってただ一途に崩れるのを待つしかないことを、菅谷さんは生の「読了」の中途で感じていたのではと、私には思えて仕方がない。いま私は生きて老いてゆく、あやふやな青春を何度となくやり過ごし、従順になり臆病になり、おとろえるばかりだが、菅谷さんにふさわしい言葉が、時代を超えて、サルトルがニザンについて語った言葉になぞらえてみる。「ニザンは何でも言うことができる。なぜなら、彼は若き怪物だからだ。青年たちと同様に若く美しい怪物で、われわれが作りあげたこの世界の中で、青年たちと、死の恐怖、生の憎悪を分け持っているからだ。彼はコミュニストになり、……孤独に死んだ。或る窓の傍で、階段の上で、この生涯は、その毅然たる妥協の拒否によって説明される」[*1]。ここに無言の言葉の輝きが説明できることを物語っている。

＊1　篠田浩一郎訳『アデン・アラビア』『アントワーヌ・ブロワイエ』（『ポール・ニザン著作集』晶文社、一九六六年）
＊2　菅谷規矩雄共著「〈言葉〉と死」（『人間と死』春秋社、一九八八年）
＊3　「あんかるわ」77、一九八七年
＊4　菅谷規矩雄『ロギカ／レトリカ』砂子屋書房、一九八五年
＊5　菅谷規矩雄遺稿集『死をめぐるトリロジイ』思潮社、一九九〇年
＊6　「あんかるわ」84（終刊号）、一九九〇年
＊7　サルトル著『ポール・ニザン』（『世界の文学――サルトル・ニザン』に収録）
＊8　〈解体新書〉69〜72（「情況」一九七二年）
＊9　「現代詩手帖」一九六八年十二月号
＊10　『迷路のモノローグ』白馬書房、一九八〇年
（「樹が陣営」23号二〇〇二年六月、24号二〇〇三年一月）

詩人論・作品論

倉田比羽子さんに聞く

瀬尾育生（聞き手）

詩を書き始めた頃

瀬尾　倉田さんとは世代的にもほとんど同じだし、詩を書き始めてからは「あんかるわ」や「ゲニウス」、菅谷規矩雄さんとの関係も含めて、わりと似たようなところにいたと思うのですが、その前のことはよく知らない。印象に残っているのは、現代詩手帖賞を受賞された時の写真。こっちを見ている目がどこか不安そうで、今の明るい倉田さんとは少し印象が違う。詩を書き始めた頃、何かそういう切迫したものがあったように感じるんですが。

倉田　詩を書き始めたのは、あまり意識的ではなくて、投稿も含めて六〇年代後半から七〇年代いっぱいが詩を書き始めた頃というふうに私はとらえています。ただ、詩というはっきりしたものではなくて、言葉の断片のようなものをノートに書きなぐっていました。言葉の断片だからストーリーも何もなくて、日記だったり映画の感想だったり本の書き写しだったり友人の言葉だったり。第一詩集を七六年に出していますが、そういうものが詩という形になっていったのかなと思います。

瀬尾　あの頃、書き始めは皆そんなふうでしたね。断片とかノート。書いている言葉にジャンルがなかった。どこへも行き場のない表現のままで、これは詩なんだ、と言って差し出すしかなかった。

倉田　「あんかるわ」に参加するまでずっと一人で書いていて、詩集を出すまでは発表もしていない。これは本当はあまり言いたくなかったんだけれど（笑）、学生の時は芝居をやっていたんです。今日ちょっと持ってきたんですけど。初めて活字になったのが、六九年の「三十人会」という劇団の研究所での卒業公演のパンフレットで、巻頭詩と最後の総括など、私が書いています。清水邦夫の「あの日たち」の公演で、炭じん爆発によって数百人の記憶喪失者が発生した事件を題材にした話で、清水氏のこの戯曲の成立過程の心のありようを綴った文章も載っています。大学では、新聞会にも出入りしていましたね。そういうところにもいて、引き裂かれながらもやっぱり芝居をやりたかったんでしょうね。だけど、演技者としての力はなかったから、その後、あっさりやめました。今となっては、どっちがよかったのかわかりませんけれども……。

瀬尾　舞台の上の倉田さんを見たかったですね。清水邦夫の台詞は、アジテーションのような、意味を超えて訴えてくる言葉のリズムをよくとらえていて、詩の言葉にとても近かった。

倉田　でもなぜそういう言葉の断片を書かなければならない気持ちがあったのかと思うと、自分の中の精神的な秘密を覗き込むように言葉にすることで形になっていくというか。言葉にすることで思考力が深まるような……だからずっと何かを書いていたんでしょうね。言葉によって思考していく。

瀬尾　それまでは、戦後詩のわりときっちりしたフォーマットがあったんですが、あの頃思考の断片みたいなものが直接持ち込まれることで、詩の形がずいぶん変わったんですね。倉田さんの初期の詩は、そういうところから入ってきたことがとてもよくわかる。『幻のRの接点』の頃は遠近法が混在していて、とても不均質で荒々しいんですね。

倉田　当時は、詩を書くなんていうことはかけらもなかったかもしれない。孤独でしたね。ただ、家の窓辺で兄の本を、声を出して朗読していたことが光景として浮かび上がります。大学に入って富山から東京に出てきて、兄と暮らしていました。兄は、早稲田の学生で、よく下宿先にオルグが来ていました。こういうところに関心が向いたのは、兄の影響があります。兄と一、二年一緒に暮らして、それからしばらく姉の家に居候して、その後また妹が出てきて、貧しくて、なかなか一人で暮らせなかったです。それから間もなくして結婚ですから、一人暮らしは短いです。母が亡くなったのは昭和三十一年、私が小学四年、ちょうど十歳の時です。姉が大学へ行くまでの四年間は姉が母親がわりで、姉が出て行った後、中学二年から五年間は私と妹で家事をやっていました。学校へ行きながらいったいどうしていたんだろうと思うのですが、その頃のことはよく思い出せませんね。すっぽり抜け落ちた感じです。

瀬尾　定期入れのようなところにお母さんの写真を入れていらっしゃって、いつだったかそれを見せていただいたことがあります。清楚な、少女のような面影だったと思う。お母さんを亡くされたのが十歳、というのは、反抗期の前でしょう。ふつう女の人は感情の原型を、否定的なものを含めて、お母さんとの葛藤の中で受け取るように思うんですが、倉田さんの中にはネガティブなねじれた感情の動きがなくて、とても透明な感じがする。それは思春期にお母さんがいらっしゃらなかったからではないかと思ったりするんですが。

倉田　どうでしょうね。私はぼんやりした内気な少女で、父とも、母とも、葛藤はなかったと言えます。

瀬尾　結婚されて、それからご主人とアメリカへ行かれたんですね。その頃のことぜひお聞きしたいんですが。

倉田　そうですね。夫はさっき話した研究所の同期生です。結婚してちょうど十年ほどでしょうか、日本の外へ出たいという気持ちが二人とも強かったですね。友人がニューヨークにいたこともあってふいと出かけていった。八一年です。夫は大学で英語を学び、私は何をするでもなく、書店でアルバイトをしたり。ワシントンスクエアパークから見た濃藍色の空の深さは忘れられないです。一年半ほどで資金が尽きて、これで日本に帰ったら、もうなかなか外国へ出られないと思って、ユーレイルパスでずっとヨーロッパ中を放浪の旅をして帰ったんです。今思い出しても、奇妙な時間です。

どんなふうに書いてきたか

瀬尾　詩を書き始める前の数年間で、とくに読んでいた文学作品とか、ありますか。

倉田　よく読んでいたのは、『吉本隆明詩集』です。体系的に戦後詩人を読んでいたというのはないんです。当時、本を買うと名前と日付を書くヘンな習慣があって、これを見ると、六七年十一月二十一日と書いてあります。あと繰り返し読んでいたのは、ジュリアン・グラックの『大いなる自由』で、これは六九年です。これは、芝居の朗読の練習に使っていて、アクセントをチェックしていたんですね。吉本詩は理念として、グラックからは書き方を自分で学んでいったのかなと思います。天沢さんが訳されていて「喚起的文体」と書かれているんだけど、詩と散文のちょうど中間ぐらいに位置すると言ってます。書き方としては、この影響が大きい気がします。グラックが好きなのは、文の形態そのものよりも言葉の結びつきです。それは結構真似していると思っていて、そういうことをどこかに書いたことがあります。

第二詩集のあとがきに「もう十何年も昔のことになります。その頃、詩人＝「革命家」である、と信じていました。（…）「詩を書く」などという畏れある行為《おこない》を自分に易々と許す気にもなれなかった」と書いています。革命家という言葉に自分の気持ちを寄せているところがあって、その思いというのは吉本隆明の影響だったのかなと思います。吉本が言った「世界をあらためる」という理念が、革命家という言葉と結びついて強靱な忍耐力とか精神とか思考力をもって世界をあらためよと諭されていたような、生半可な気持ちで詩を書いちゃいかんと言われているような気がした。それが詩を書くことへの恐れとしてあったかもしれません。書くことの恐れってなかったですか。

瀬尾　若い時は怖くなかったんですよ。今は怖いですけど。最初の詩集を作る時は、どんな感じだったんですか。

倉田　どうして詩集を出したいと思ったのかよく覚えてないんですけど、思潮社に電話したんですね。そしたら持っていらっしゃいって、小田久郎さんに言われて、市谷砂土原町の建物の薄暗い階段を上ったのを覚えています。その後七八年に投稿を始めて、七九年に手帖賞をいただいた。投稿する前に第一詩集を作ってるんです。瀬尾さんが投稿されていたのは、もっと前ですよね。

瀬尾　ぼくは七三年から七四年にかけて、一年と少しです。倉田さんの時は、粒来哲蔵さん、飯吉光夫さん、辻征夫さんが選者でしたね。

倉田　粒来さん、飯吉さんが選んでくださった。あの頃は、本当に書いていました。

瀬尾　最初に、思想的な断片や感情の噴出を直接に詩の中に投げ込もうとした。その頃詩はジャンルとしても流動していたし、ごつごつしていた。そこから徐々に、生な自分の体験を書いても、それを文学の言語との参照関係に置くことができるし、観念的な構造を作ることもできる。そういう厚みができていった。

倉田　私の作品は、ほとんど三人称ですよね。一人称で語っているとだんだんきつくなってくるし、読んでいる人も面白くないだろうし、三人称で誰が誰やらわからないみたいな感じで見ているのではないか。読む人は、私はって書いてあると、著者だと思って読むこともありますけれども、そうじゃないものの見方をしている。記憶を思い出す時って、情景を思い浮かべるでしょう。六〇年代後半に詩を書き始めて、その書いている時代の自分を思い浮かべている、そうやって覚えているのは自分なのか、それは一人称なのか三人称なのか。誰があの時の情景を見ていて、記憶しているのか……不思議な感じです。

瀬尾　『世界の優しい無関心』では、お母さんのことを『異邦人』に重層させて書かれているでしょう。そうすると思考や感情の流れが自由に動くようになったんじゃないですか。自分の生な感情が、いわばそこで翻訳されてゆくわけだから。

倉田　以前、瀬尾さんに言われたことがありますが、私の場合は、わりと無防備に言ってしまうところがあります。あまり構造的に考えていない。だんだん善悪の問題に移っていったんだと思いますけど、母親のこととムルソーが母親の死に涙しなかったということが自分の中におりてきて、それがどうしてこういう形になっていったのかなというのが自分でも不思議なんですけど。涙しなかったことが罪として、処刑されるわけではないけれども、この問題に気持ちが乗っていったというのがある。物事をこうですよと言われるのが、一つのテーゼを出されると、いや、違うんだ、もっと違う見方、あり方があるんだよという。今回の大震災の時も、一つの見方を提示されると、違う見方があると言いたい、そういう志向性があるような気がします。

瀬尾　それはとても共感します。感情的な流れの中にまるめこまれることが嫌いなんですね。

固有名のこと

瀬尾　ふだんどんなふうに詩を書かれていますか。

倉田　朝と昼しか机に向かわないんです。夕飯の用意をした後の時間は、もう机に向かっていない。今は詩書月評に時間を取られていますけれども。詩は、何もない、本も全部どけて、緑の木々の見える明るい窓辺で書いています。パソコンで断片を書きつないで書きますね。メモの段階では手書きで、最近、縦書きです。言葉が出てこない時は、気になる本、だいたいは哲学書を並べておいて、その世界に入ることはあります。そこから、さっき言った別の見方の世界があると思えば、そういうところからまた別の世界が出てくる。直接的な思考の過程をゆっくりと書いていって、そうすると詩にならないところが出てきて、それを取っていく。構成し直すということがよくあります。書いてしまったものは、一度プリントアウトしておいて、あらたに一行目からやり直していくと、全然また違ったものになる。そこで、いい言葉とかしっくりするものを取り入れるという作業もありますね。

瀬尾　「レプリカント」とか「異邦人」という感覚はどこからくるんだろう。

倉田　自分の名前と自分が一致しないところがあります。「倉田比羽子」と言ってもよくわからない。名付けだけにおいては誰でも倉田比羽子になれたんだなと思って。それを、人造人間みたいな感じでとらえているところがあるのかもしれません。名付けの不思議さってありますよね。名前がなければ、不安定な状況に陥ってしまう。そういうところに自分を抑えているというか……。

瀬尾　『カーニバル』の「〔ユニオ・ミスティカ〕」の中に「倉田比羽子」が登場するところ。こんなふうに固有名を使った詩人が今までにいただろうかと思いますね。言語的な段差をとびこえるような、何か別の覚悟があったような気がする。最初の頃の、詩を書く意識以前で書いていたノートや断片の段階での表現が、こういうところに通気孔のように顔を出しているのかもしれない。

倉田　これに限らずだけど、死者の眼差しで見ているところがあるのかなという気はします。あと、自己不在感みたいなのがどうしても出てきて、倉田比羽子になれば、安泰で生きていけるわけですけど、よくわからないものとして世の中に居座るっていうほど無意識な状態はないんじゃないかな……。誰かが私のことを思い出して考えている。そういう不安定な感じがありますね。

読者について

瀬尾　自分の詩を誰に読んでほしいと思いますか。

倉田　断片ということでとらえていくと、まず自分でしょうね。言葉にすることによって、こういうふうに物事を考えるんだ、この世の中を生きていこうとしているんだといったように思考する力を深めてくれる気がする。

瀬尾　それは、わかります。

倉田　誰も読まなくていいとは言わないけど。実際あまり読まれないかもしれない。

瀬尾　でも読まれるべきであると。

倉田　そういう意味で言うと、読んでほしいというか、こういう世界があるんだということは知ってほしい気がする。一つの世界だけじゃなくて、こういう見方で世界は繰り広げられることがあるんだ、ということですね。

瀬尾　世界は平板なものじゃないんだということですね。こういう迷路を通って、人ははじめて世界に関係するはずだ、そこをちゃんと言っておきたいと。

倉田　自分の感情とか気持ち、来歴も含めてだけど、それをたんに描写してもつまらないと思うんですね。聞いていてもつまらないし、だけど、そうじゃないものの見方から何か書き出したものっていうのは、他の人のを読んでいても引きつけられる。最初は無意識、無自覚に書いていましたけど、最近書こうとしているものに関しては、「現代詩手帖」(二〇一一年六月号)に書いた作品も、こういうふうに私は震災のことをとらえているということは知ってほしい。こういうふうに書く人間もいるということですね。

瀬尾　倉田さんは、詩作品が勝負、という書き方のような気がします。今は人にわからなくてもしょうがない、だけど、詩作品として私はこれを書いて、これは形として残るのだから、時間がたてばきっと人に伝わるはずだ、というような。

倉田　伝わるかどうかはわからない。読んでいて、すうっと情景が広がってこれだったら、読んでもらえるかもしれないとか、それはあります。反応はあまり気にしないで書いている。こういう見方をして書いているということはあまり受け入れられないんじゃないかな。でも、自分で書いた詩って、どうやってこういうのが生まれてきたのかなって不思議に思うことだらけでしょう。

瀬尾　そうですね。でもそれは倉田さんが今詩人として豊饒な時期だからですよ。考えてもいなかったことが自分の中から出てきてくれる。

倉田　私は詩の領域に入っていったのが遅くて、詩の書き始めの頃がずっと続いていて、読まれるのも遅かったから、それがよかったのかもしれません。

瀬尾　倉田さんの言葉には凝縮性というかある種のオーラがあるから、人がその前に立ち止まる時間が長いでしょう。『世界の優しい無関心』以後の詩が、若い人たちに与えた影響は大きかったと思う。形式の上でも倉田さんが獲得した新しい定型のようなものがあって、それが他の書き手たちにも開放感を与えた。こんな行の長さで、こんなふうに書けるんだ、という発見。若い人たちは今ほとんどあの形で書いている。あの一行の長さの中に論理性もあり抒情性もある。散文と詩のちょうど中間の文体がありうる、ということを発見したんだと思う。

倉田　吉本さんの『カール・マルクス』に「詩と非詩」って出てくるでしょう。何回読んでもわからないけど、わからないところを考え、学んでいきますよね。若い人たちも、吉本さんの「世界をあらためる」というような理念はどこにあるのかと思って読みたい、書きたいと思っているんじゃないかと思う。今までの歴史的に踏襲してきた世界だけではなくて、一歩世界をあらためる、ということを、どうしたら考えられるだろうかということは考えているような気がします。

死について

瀬尾　死ということで、どんなことを感じますか。

倉田　詩の眼差しがつねにそうだなという気がしています。あと現実的には、落下意識みたいなのがあります。時々何の予兆もなくやってくるんですが、黒々とした無限空間を落下してゆく、ものすごく怖くて、わあっと悲鳴の声を発して現実に戻ってくるんですけど、生への防御意識が死に近いものとしての落下意識を切断してしまう感じです。「zuku」二号に書いていますが、死ってそういうのかなあ。戻ってくるというのが不思議ですね。

死というと、この体験を考えます。

瀬尾　今生きている時の気分はどうですか。曖昧な聞き方ですけど。

倉田　個人的には年齢《とし》をとってラクになったような、さみしいような。また何が人間を苦しめるか……今は災害とか病気とか、進化、いろんなテクノロジーも含めてだけど、ここに置かれている私たちは何に苦しめられているのかなというのはよく思いますね。実際そうなのか、本当にそういうことで苦しんでいるのか。動物は自分のそういうことは知らないで生きて死んでいくわけですよね。でも人間は、交錯して生きているから、そういう自然的なものではない。自分の語彙の豊富さでも何でもいいんだけど、そういう苦しみ方も味わっているのかな。病気とか、基本的な生死の苦しみというのは、日常的にはわかるんだけど。

瀬尾　一般的には、生きにくいなという感覚が漠然とありますけど、本当に苦しんでいるのは何かということがなかなか正確に言えない。

倉田　苦しみは共有できないんじゃないかな……。

瀬尾　これまでたいていは、幻想であってもどこかに合流する場所があったような気がしますけど、そういうイメージがあまりないですね。一人一人すうっと生きていって、みんなすうっと消えていく。

現在の詩の書かれ方について、書き手の世代によっても違うでしょうが、どういう感じを持っていらっしゃいますか。

倉田　勢いが違うのかな。まず、私たちに元気がない。現代詩も経年してくるうちに弱ってくるのかもしれない。今は月評をやっていて詩集もよく読んでいますけど、みんなうまいですよね。どういう読書をしてきたのかなと思うことはありますね。人間は、読書によって思考を深めるということができるでしょう。そういう読書の背景を知りたいと思う。ネットの検索だけで資料を集めているのか、そのあたりはよくわからないですけれど。周りに若い人がいないので、何を考えながらどうしているのかなと思うことはあります。どこで自分の表現の根拠を見つけていくかですね。いろんな人の作品を読み、書物を読み、そこで自分が今立っているところと直接的なやりとりができれば、そういう通路が開きますよね。

詩の行方

瀬尾　じつはさっき見せていただいた六九年の「三十人会」のパンフレットの、不敵で不穏な少女――という感じの表情に驚いてしまったんですが（笑）。「革命家」という言葉を口にされた時のためらいのなさとか、倉田さんは詩について、ほんとは何か途方もないことを考えていらっしゃるんじゃないでしょうか。非現実なものであってもいいんですが、詩に賭ける悲願のようなものがあったら聞かせてください。

倉田　あの写真に、もう一つ付け加えれば、不遜な少女ですよね。不敵で、不穏で、不遜、手がつけられない感じです。自分では、自分のことはよくわからない。頭の中で起こっていることは無謀すぎて、これを現実の世界に引っ張り出そうとすれば、大変なことになりそうで、だから、詩という明朗な通路が必要なのかもしれない。不遜な少女も老いるわけですが、吉本の言い方に倣えば、それは、連続とか移り行きの世界ではなく、飛躍の世界で少女が老いるというのが詩の見方としてあるかもしれない。

　それから詩に賭ける悲願と言えるかどうか。ずっと「zuku」に書き続けていた「知られざる poésie の試み」とか、現在の「poésie という思考が開くもの」といったことばで書き表わしてきたものがあります。自分でもどうなるか、よくわかっていないので、思考の直截の思考ようなものを書いている感じなんですが、〈poésie のありか〉を探ってゆく思考に、関心があります。「有限の私が無限について考えることができるのだろうか」という誰かのことばがあって、それに通じているのかもしれない。また、詩を書く恐れでつねに思うのは、今私が書いていることは、すでに誰かが言ってきたことを書いているにすぎないという感じにいつも苛まれます。

　今日はそれこそ不遜に、かなり合理化して自分を振り返っていますが、こういう一端もあって、詩を書き続けてきたということです。すべて忘れ去られてしまいたい気もします。真理であり、虚偽でもあり。

（2012. 5. 26 新百合ヶ丘にて）

世界の優しい無関心に取り巻かれて
倉田比羽子の詩の印象

北川透

倉田さんの詩に、わたしが最初に発言したのは、いまから三十年ほど前、第二詩集『群葉』（一九八〇年）に対してだった。読売新聞の詩の月評。スペースが限られているので、突っ込んだ批評が書けたわけではない。それでも、この詩集中の散文詩「腋の下」を十行程引用し、頭部肥大症に悩まされている女と、その腋の下で女を保護し、そうすることで自分も飼育される男との関係が描かれている、というような要約をしている。男女の関係を、愛とか性という概念をまとわせないで、《機械仕掛け》や〈ネジ〉などの隠喩を用いて表現する方法に、《卑小で滑稽な道具的な関係に解体している》、現代の結婚生活の図柄を読みとっていたのだった。

しかし、いまあらためて「腋の下」を読むと、この自分の評言とは、いくらか違った印象を受ける。作品は語り手である〈わたし〉と、同棲を始めた男の話だ。その関係を、道具的な関係と言ってよいかどうか。あまりに生き生きした交歓が映し出されているからだ。たとえば男が自分のネジを外して、〈わたし〉の中に侵入してくると、〈わたし〉の身体に迅速、逆転、闊達な異常が起るが、やがて、男が隠していたそのネジを見つけた〈わたし〉は、自分の身体に無理に嵌めこむようになる。これはむしろ、人造人間、模造人間の世界というべきではないか。しかも、男女の模造化が、〈わたし〉の語りのうちに嬉々として受け入れられている感覚が見られる。人間の形をしている機械、その部品、いわばロボット化が、肯定の眼差しにさらされている。しかも、頭だけは、ますます肥大するロボット。そこに八〇年代以降の電子社会が予感されてさえいる。

実は、この月評の三年くらい後に、倉田さんは、わたしが編集・刊行していた詩と批評の雑誌「あんかるわ」（六八号、一九八三年十二月）に、「晦冥の空」という長篇連作詩の〈I〉を投稿している。この連作について言及すると長くなるので、〈I〉だけの印象について言うと、それは少女時代の悲しい記憶から流露する、冥い内面的な風景が抒情的に映し出された佳篇だったが、ただ、その悲傷する抒情の根源に何があるかは見えなかった。

「あんかるわ」は同人誌ではないので、一九九一年に終刊の会を名古屋で持つまで、ほとんど集まりということをしていない。ただ、一度か二度、寄稿者の詩集の出版記念会のようなことを、当時、わたしの住んでいた豊橋でした覚えがある。彼女が寄稿し出してから、二、三年後ではないかと思うが、そんな会に倉田さんが出てくれたことを、よく覚えているのは、ちょっとした理由があるからだった。その次第を話すと、普段は居酒屋をしている狭い会場に、皆さんが揃ったようなので始めよう、ということになった。しかし、その時、倉田さんから出席の連絡があったのに見えないのに気づいた。そこで、たぶん、まだ倉田比羽子が来ていない、と叫んだのだろう。その途端、誰かがあなたの眼の前にいるんじゃないか、と言う。確かに、一人の美少年がいた。さっきから、気にはなっていた。誰がこんな美少年を連れて来たんだろうか……と。当時、倉田さんは髪をショート・カットにしていたので、美少年に見えた？　男っぽいわけではないから、美少女と言ってもいいけど、少女期を過ぎている女性に、そういう言い方は失礼だろう。では、美少年は失礼ではないのか、と問われると答えに窮するが、ともかく彼女の周りに空隙が取り囲んでいた。その中心にひっそり座っていた人は、中性的な異質な文体を匂わせて……。

その後、何かの会で上京すると、倉田さんは来てさえいれば必ず、挨拶に来られる。しばらく近況を伝え合うような話をするが、こみ入った話はしたことがない。だから、倉田さんについて、わたしは何も知らない。たまに会う彼女も、読む詩集も、あの美少年の面影と、それを取り囲んでいる空隙の中の気流が二重化する。それを一番感じさせる、わたしの好きな詩集は、『世界の優しい無関心』（二〇〇五年）だ。この長篇詩集は、わたしが最初に感心した、生活的なリアリティーを模造人間の隠喩でくるんだ世界とも、「あんかるわ」へ投稿した作品で見せた、資質の冥さを磨きあげた抒情詩の世界でもない。しかし、中性的な抽象に勝れた文体が、周りに空隙を作り出している感じはどれも似ている。それにここには、模造人間も出てくる。初めのパート、「(「私」に先立つもののために)」では、〈私〉は四十億年前の〈ここ〉に来ている。天地創造の神話の以前の時代。《神の名が好きでないなら、「母親たち」と言い換えてもいいよ》という過激なことばが飛び出す。そして、突然変異する物質が噛み合って、自分を複製できる万物、ものも動物たちも誕生する。もとより、反復を繰返す人間、その精神の本質は模造品ということだ。〈私〉は〈私〉を、ありきたりに反復して、生きたり死んだり狂ったりして永らえる〈模造人間〉だ。その太古以来の〈私〉の時間の流れに彷徨った〈私〉は、〈狂児〉として地上の廃屋に帰ってくる。それをエンパイア・ステート・ビルディングから眺めている、もう一人の〈狂児〉がいる。いまは〈狂児〉も〈美少年〉も幾らでもコピーできる。真偽の消えた世界への切ない愛しさを、《世界の優しい無関心》が取り巻く。

二番目のパートが「(世界の優しい無関心)」だ。わたしは先に、「晦冥の空」では、作者の少女時代の悲しい記憶の根源にあるものが、隠されることによって、そこから抒情が流れ出てきている、という趣旨のことを述べた。そこで隠されていた痛みは、少女時代の母の死だった。これまでも、出来事として、それは書かれていたかもしれないが、詩を生み出す溶融物質のようなものとして、自覚されていたかどうか。しかし、ここに至って、《母の孤独は脛骨のような壜のなかでカラカラカラッと乾いて落ちた、共鳴した》と書かれる。カラカラカラッだって? なんという模造の響き! しかしそこに賭けるしか、《母の孤独》への共鳴も、切実さも生れない。その日の記憶は、《「背戸で倒れていたんだって」――「とっくに意識はなかったらしいよ」――「死ぬの? ねぇ、死ぬってほんとう?」》と見知らぬ人の声で復元される。それはこの詩の抽象のレベルでは、模造された、と言っても同じことだ。こうして遠い母の死のマグマが、詩の中に至近の距離で噴き出してくる。母の死へ誘惑される感傷が、詩の誘惑に転化する。《だから私はしばしば手のなかで息を凝らす母の死を濫用する、吹聴する》とまで語られる。〈私〉自身が母の模造品になるところまで行ったらいい。そうすれば、〈私〉が死ぬと、母の死亡通知が届き、それを受け取った人は、そこに詩の死を通して詩の甦りを読みとるだろう。

　そのことが、おそらく《ムルソーが望んだ解放と等しく、「はじめて、世界の優しい無関心に、心をひらいた」》ということかも知れない。《「きょう、ママンが死んだ」》で始まる、カミュの『異邦人』が、追跡、反復される。ムルソーとは、言うまでもなく『異邦人』の主人公だ。《世界の優しい無関心》も、この小説の中のことばから取られた。父親のいない（幼い時に第一次世界大戦で戦死）カミュにとって、母なるものは生涯のテーマだった。倉田さんが、母を失ったのは、《小学四年の春》とエッセー（「旅の途中」）の中で書かれている。母の死と言っても、カミュあるいはムルソーと、倉田比羽子との間には、千里の隔たりがある。アルジェリアのフランス人、対独戦争、アラビア人、キリスト教……、数え立てていけば、隔たりは広がって行くばかりだが、そして、その自覚は抱えられていた方がいいが、詩のことばは構わず、ムルソーのことばにとり憑いていく。〈私〉はムルソーの模造品になる。そうなったら、もう、ことばのやわらかい造岩力に任せるしかない。なぜなら《ムルソーはアラビア人を撃った、そして私は誰を撃ったか憶えがない／この日に読んだムルソーは同じく「私」と言える人間だ、ある日街角で突然手をつかまれ連れて行かれた》のだから。そして、〈私〉はムルソーと共に、《世界の優しい無関心》を受け入れる。

　そして、〈私〉は「（丘の向こう）」のパートに入る。《「どちらからきましたか？」と門番に尋ねられた、私は「丘の向こうから」とは言えなくて、「スキマ《空気孔》！」と言ってしまったので、スキマの国の人になった》と言う。やっぱりなぁ、とわたしはうなずく。《スキマ！》には《空気孔》というルビが付いている。思い返せば、三十年前の美少年は、スキマの国の人の雰囲気を湛えていた。それが分かったところで、わたしはこの先のスキマの国の死との融和の物語を、これ以上追跡する余白がないことを知った。あとは読者の自由な散策に任せたい。スキマの国へ通じる道路地図を、僅かばかり描いたつもりだったが、かえって迷路へ誘っただけかもしれない。

（2012.6.16）

うつくしい忘却

佐藤雄一

不思議です。

彼女の詩を、文字通り枕頭の書とし、おそらくは少なくない人に強くすすめもしてきたはずですが、当の彼女の詩について書こうとすると、まったくそのパッセージを思い出すことができません。

もちろん、印象は強く残っています。極端に抽象的でありながら、けっして普遍的ではない彼女の言葉の群れ、まるで性が分化するまえの少年少女の目に映じるような、極端に楚々とした抒情の表面張力、呪いのように極端にまがまがしくもあれば、幼児に読み聞かせるような極端に優しい語り口もそこにはあり、極端に壮大な寓話が連なるかと思えば、突如として極端に私小説的な記述もみられる、極端に散文的でありながら、同時に極端に韻文的な飛躍――いずれにせよエクストリーム（極端）な場処からひとりのお針子が繊細につむいでいるような彼女の特異な言葉の群れ、そしてその黒々とした瑞々しい流れ――印象はどこまでも書き連ねてゆけます。

けれども、では具体的にどこが?と問われるなら、口をつぐまざるをえません。思い出すことができないからです。何度も何度もその言葉の群れに目を走らせた時間があった――その記憶しかないのです。しかも、厄介なことに、彼女の詩に関する具体的な記憶を喪っていることに、すこしも焦りを感じることはない――そして、おそらく彼女の詩を読むということは、この鮮やかな記憶喪失とはなにかを問うことにほかなりません。

では、彼女の詩を忘れるというのはどういうことなのか?

おそらくそれについてえんえんと迂回して書き連ねていくことは可能でしょうが、ひとまずここでは「時間」「母」「少女」というテマティックにそってかんがえてゆきましょう。

「時間」。彼女の詩にくりかえしあらわれる言葉です。

「で、どれほどの時間ですか？」とまた尋ねられた、つい「正六角形の結晶ほど」と答えて、正六角形が時間のモノサシになった
「本来時間に形はないんですがね、いいですよ、いろいろ駒を動かしてゲームをしてごらんなさい、どんな進化もいずれそこを超越できるでしょう」と微笑む
（「（丘の向こう）」『世界の優しい無関心』）

平面状に時間が球のように溜まっている。
（「［ユニオ・ミスティカ］」『カーニバル』）

非常にイメージが想像しにくいパッセージです。時間と空間は日常感覚ではおたがい別のものです。だから、「時間に形はない」ようにみえます。形が「正六角形」であったり「球状」であったりする時間というのは簡単に想像できません。時間は質料のように形をもたず、さらさら流れていくだけにみえます。時間に形をあたえるというのは矛盾した意志のようにおもえるのです。

けれど、この矛盾した意志こそ、彼女の詩が詩であるための大事な鍵ではないか。彼女の詩は一見散文的でありながら、けれども、それを読むときの時間は、まったく散文的ではありません。時間が線的にさらさら流れていかないのです。一行を読んでは前の行を忘れ、自分がどこまで読み進めたかさえさだかでなくなる、普段はさらさら流れ意識にすらのぼらなかった透明な時間が、突如不透明な厚みをともなって出現する、出現したとたんそれも忘れる、けれど自分がそれを忘れたことはおぼえている、なぜなら、彼女の詩のうねるような律動だけは頭の中で残響しているから。たとえば次のような――

死に絶えるまでみんな生き延びて冬の緩衝地に隔離されると、盲目的に機械的にえんえんと繁殖をはじめた、誰もがこれを「倫理」と言った
いま生まれ落ちた新種だねとも、とうに絶滅してしまったんだと繁殖は続き、雪の結晶はひらひら手のひらに落ちて消えた
つぎつぎに見捨てられていった繁殖は「言葉」で母の死を知った特別な一夜がえんえんと続いたことと同じだった
（「（丘の向こう）」『世界の優しい無関心』）

「えんえん」「ひらひら」「つぎつぎ」――極度に抽象的なパッセージでありながら、そこには豊かな音韻があります。彼女の親しい友人でもあったらしい菅谷規矩雄は、日本語の詩が二音一拍の語数律であることを強調していましたが、「えんえん」「ひらひら」「つぎつぎ」というように二音が反復されると、そこには語数律にくわえ、強弱のグルーヴもうまれ、鼓動のようなリズムが顕れます。リズム――「形」を意味し、「流れのなかから形が生成するまでの過程」と結びついたギリシャ語リュトモスにその語源があるといわれますが、彼女の詩のリズムは、まさに、時間という流れに形をあたえる過程のように思えます。

けれど、その「形」とはなにか。一見、極度に散文的にみえる彼女の詩も、日本語に太古からしみついた、どこかなつかしいリズムの形があるということなのでしょうか、あるいはさらにさかのぼって「非言語時代の感覚的母斑」（吉本隆明）がそこにみられるということでしょうか。違います。彼女の詩に「非言語時代の感覚的母斑」という言葉をあてることに最大限の警戒をしなければいけません。とりわけ「母」という字を使うことに。

（…）母よ　にぎやかな部屋から叫び堕ちていった母よその乳房よ石よ　くるしめくるしめくるしめ　ひとりでくるしんで置き去りにされる庭に放たれよ、
（「魔の小径／幻の生地」『夏の地名』）

いま私は「私」に先立つもののためにここにいようとして出口を失い、私語する一切の《母親たち》の先を歩いてゆくことにする
（「〈「私」に先立つもののために〉」『世界の優しい無関心』）

母よ、死んだ母よ、憶えのないその名が私は懐かしい、だからその名を探し出し私が譲り受けるとしようそうすれば憶えのない母についてもう断じて私が知らせを受け取ることはないだろうと思うのだ
（「〈世界の優しい無関心〉」『世界の優しい無関心』）

彼女の詩のなかで「母」は死んでいて、「くるしめ」と呪われ、しかも「憶えがない」と忘れられます。この

「母」に向けられた強い感情は、「繁殖」「増殖」「複製（リプリカント）」といったマトリックスを必要とするものすべてをおどろおどろしく描写することとも共ぶれしているでしょう。「神の名」あるいは「母親たち」と呼ばれる、「四十億年前」の生物誕生のためのマトリックスにすら、屈折した異和感をあらわします。なぜか。

彼女の詩のなかにくりかえしあらわされる言葉によって応えるならば、「私」、あるいは「詩」は「すべてがゆるされている」ような徹底的に「自由」なものであるから、です。「母」から生まれ「母」のように「母」を生む、その連鎖のなかで同じリズムを脈々とうけつぐ——宿命論的なこの流れのなかに「自由」はない。そして宿命論的な「母」から「自由」になるための意志として、彼女の詩には「少女」が召喚されます。

哭く母体の明けの明星が土壁に押されてふうらふうら
と　少女の（わたしの）吹き棄てる肉体に　頭を打
ち込んだ虚体の足を垂らすのであった

（「魔の小径／幻の生地」『夏の地名』）

成長を忘れた少女の臆病な目が雨に濡れて怯えている

（「（世界の優しい無関心）」『世界の優しい無関心』）

「私」が仮託され、かつ、成長をやめて「母」にならない「少女」。それは宿命論的な「母」の連鎖から「自由」であることのしるしとしてあります。とはいえ、いくら「母」の連鎖を断ったからといって少女はやはり母から生まれ、母の形に似ています。この難しさから安易に逃れたとき、詩はたんによくある幼児的退行となるでしょう。もちろん彼女の詩はそのような凡庸さの対極にあります。

（…）わたしは死んだか？　と問う声低く、わたしが通
過することのできる敷居に蠢く影、死——母がささえ
てきた死の域をわたしは生き延びてゆくにちがいない。

（『種まく人の譬えのある風景』）

（…）憎悪と悲しみと愛の声を、私が言葉で、母語で書
きつけるのに等しい

（「（谷間を歩いている）」『世界の優しい無関心』）

「母」の名あるいはマトリックスを「譲り受ける」という意志もまた、彼女の詩のなかにはあらわれます。詩は、少女は、母語や母をうけつぐ、けれども自由である、この両極において結晶のように激しく振動することが、彼女の長大な詩に強度をもたらしているのでしょう。そして結論をさきまわりするなら、彼女の詩は、「母」をうけつぎ、「母」を忘れるがゆえに、過去から豊かな形をうけつぎつつ、同時に過去から圧倒的に自由な——過去をうつくしく忘れた——詩の形を出現させています。それはどういうことなのでしょうか?

彼女の詩では「母」と「自由」が止揚されている、念のためにいえばそんなつまらないことをいうつもりは一切ありません。そうではなく、彼女の詩の「自由」は干渉縞（モワレ）のようなものである、とかんがえます。そのことをわかりやすくする導きの糸として、次のテクストに迂回してみましょう。

すべての偉大な詩人はそれぞれに固有な「一つの詩」を持っており、その詩から詩作する。その「一つの詩」からはおおきな「波」が流れ出してくる。詩人はその波によって詩を生み出すが、そのとき同時にその流れ出しの根源へと引き戻されてもいる。彼が作る詩は、つねに彼の根源にある「一つの詩」の波動によって、生動させられている。これが詩の「リズム」というものの根源である、とハイデガーは述べる。

だが言うまでもないことだが、波動というものは単一のものからは生まれない。波動は少なくとも二つの力がそこで出会うところで生まれる。ハイデガーは「存在」を単一の振動体と考えるが、この振動こそが「存在」の還元不能性なのであり、それは「存在」からはじめるのではなく、波動と波動との合成・干渉ということ、波動の重畳・重層ということから考えなければ理解できない。波動Aと別の波動Bとの合成・干渉が、還元不能な波動Cを生み出す。それらの合成・干渉がある一つの場所におりかさなって現れるとき、そこに深さの次元、タテの軸が現われる。この場所をハイデガーは「存在」という一つの語で呼んだのである。

（瀬尾育生「声調は終わりに向かって反復する——岡井隆の「調べ」について」「現代詩手帖」二〇〇五年十一月号）

ここでいわれる瀬尾の詩的存在論は一言でいえば量子的です。波は、粒子とことなり複数の波が同じ位置に存在できる（重ね合わせの原理）、また、微小な波の合成があるタイミングで突如大きな波（三角波）となるよう、波の合成によってあらわれた形（モワレ）はその、要素となる複数の波のタイミング（波源、波長）がほんのすこしずれただけで消える離散的（とびとびに出現する）で確率的なものです。詩とはそのように量子的な波の重ね合わせではないかと、と。つまりは「一つの詩」のリズムをもととしながらも、おのおの出現する詩（リズム）は決定論的磁場から逃れた、離散的な特異点としてある、と。

もちろん、リズムを波浪と見立てることに慎重でないといけません。ハイデガーも参考にしたであろう、ルートヴィヒ・クラーゲス『リズムの本質』（ここでは、リズムの語源は「流れる」を意味する語 rheein であり、寄せては引く波浪の反復的な流動の現象からリズムの原義が発生してきた、という説がとなえられます）は現在では俗流語源説として、しりぞけられています。

けれども、この量子性はひろく製作行為についてがんがえるとき、つまりは詩学についてかんがえるとき、一般性があるように思えます。たとえば、パウル・クレーは自身の絵画制作論（『造形思考』）で瀬尾と同形の量子的詩学をくりかえし述べます。曰く、ふたつの極のあいだの振動（リズム）が折り合わされ「構造的文節（模様）」をなし、その模様がさらに折り合わされて、生物のように分割不可能な「個体的分節」が出現する、と。

さて遠回りになりましたが、このクレーが述べ、また実践もした量子性こそ、彼女の詩を読む鍵となるでしょう。最初に述べたように、彼女の詩は極端から極端への振動としてあります。四十億年単位の時間と私小説的個人的な時間、散文的語りの時間から韻文的な歌の時間、呪いから優しい語りかけ、抽象と具体、語数律と強弱——多くの極のあいだでゆれうごく振動が干渉し折り合わさって、ある鮮やかな波形（モワレA）がうまれる。

それは「一つの詩」、もしくは「母」のようなみなもとの波をもちつつも、離散的な特異点としてあり、みなもとはすでに似ても似つかない形となって出現する。モワレAが出現するとみなもとの波形は、口のなかに溶けていくシャーベットのように消え、忘れさられる――

　　――母の呼吸はレモンシャーベットのように溶け込んで、一声、きらめいた。

（『種まく人の譬えのある風景』）

　そして、モワレAも、すぐにまた別の波と重なり合い、モワレBが出現する。つぎつぎとモワレが出現し消え忘れさられる。そう、詩は千変万化する――

　　千変万化する詩よ！　みんな口々に叫んだ

（「（谷間を歩いている）」『世界の優しい無関心』）

　そして、やがて彼女の詩集を読み了え、本を閉じると、そこで出現したモワレは忘れてしまいます。つぎつぎとめまぐるしく出現する離散的な特異点を、そうたやすく想起することはできません。けれども、そこでモワレをつぎつぎと出現させ千変万化を出現させる意志、詩を書く意志、その抽象的鼓動は、豊かな音韻の残響とともに、いつまでも鳴り響いてやまない――

　彼女の詩を書く勁い意志――それを端的にあらわしたパッセージを最後に思いだしてこの稿を閉じましょう。その意志をうけつぐために、そしてなによりそのパッセージをまたうつくしく忘れるために。

　　本物だったか贋物だったかはことばを使うわたしの幻影である限り、
　　今日も《家に居て》――「詩」は、一切はゆるされると
　　書き記す

（『種まく人の譬えのある風景』）

（2012. 5. 27）

現代詩文庫 198 倉田比羽子

発行・二〇一二年八月三十一日 初版第一刷

著者・倉田比羽子

発行者・小田啓之

発行所・株式会社思潮社

〒162-0842 東京都新宿区市谷砂土原町三―十五
電話〇三（三二六七）八一五三（営業）八一四一（編集）八一四二（FAX）

印刷・三報社印刷株式会社

製本・株式会社川島製本所

ISBN978-4-7837-0975-6 C0392

現代詩文庫

第I期

171 加島祥造　原満三寿／池崇一他
172 続続吉原幸子　谷川俊太郎／新川和江他
173 続粕谷栄市　横木徳久／野村喜和夫他
174 小池昌代　飯島耕一／井坂洋子他
175 征矢泰子　新川和江／新井豊美他
176 八木幹夫　小沢信男／新倉俊一他
177 続入沢康夫　野村喜和夫／田野倉康一他
178 岩佐なを　城戸朱理／矢川澄子他
179 四元康祐　栩木伸明／谷川俊太郎他
180 山本哲也　吉野弘／北川透他
181 続続辻征夫　清岡卓行／高橋源一郎他
182 友部正人　谷川俊太郎／宮沢章夫他
183 河津聖恵　新井豊美／瀬尾育生他
184 星野徹　笠井嗣夫／武子和幸他
185 山崎るり子　三浦雅士／井坂洋子他
186 続渡辺武信　松本隆／荒井晴彦
187 最匠展子　金子光晴／長谷川龍生他
188 続安藤元雄　飯島耕一／新井豊美他
189 続井坂洋子　室井光広／蜂飼耳他
190 高岡修　富岡幸一郎／北川透他
191 続伊藤比呂美　四元康祐／新井高子他
192 川上明日夫　広部英一／倉橋健一他
193 秋山基夫　片桐ユズル／福間健二他
194 日高てる　辻井喬／長谷川龍生他
195 松尾真由美　岩成達也／田野倉康一他
196 川口晴美　鈴木志郎康／野村喜和夫他
197 中本道代　北村太郎／吉田文憲他
198 倉田比羽子　北川透／瀬尾育生他

＊人名（明朝）は作品論／詩人論の筆者

1 田村隆一
2 谷川雁
3 岩田宏
4 山本太郎
5 清岡卓行
6 黒田三郎
7 黒田喜夫
8 吉本隆明
9 鮎川信夫
10 飯島耕一
11 天沢退二郎
12 吉野弘
13 長田弘
14 吉岡実
15 富岡多恵子
16 那珂太郎
17 安西均
18 長谷川龍生
19 高橋睦郎
20 茨木のり子
21 安水稔和
22 鈴木志郎康
23 生野幸吉
24 大岡信
25 関根弘
26 石原吉郎
27 谷川俊太郎
28 白石かずこ
29 堀川正美
30 岡田隆彦
31 入沢康夫
32 片桐ユズル
33 川崎洋
34 金井直
35 渡辺武信
36 安東次男
37 三好豊一郎
38 中桐雅夫
39 中江俊夫
40 高野喜久雄
41 吉増剛造
42 渋沢孝輔
43 高良留美子
44 三木卓
45 加藤郁乎
46 石垣りん
47 木原孝一
48 北川透
49 菅原克己
50 多田智満子
51 鷲巣繁男
52 寺山修司
53 木島始
54 清水昶
55 金井美恵子
56 吉原幸子
57 藤富保男
58 岩成達也
59 井上光晴
60 会田綱雄
61 北村太郎
62 窪田般彌
63 辻井喬
64 新川和江
65 吉行理恵
66 中井英夫
67 粕谷栄市
68 清水哲男
69 山本道子
70 宗左近
71 中村稔
72 粒来哲蔵
73 諏訪優
74 続飯島耕一
75 荒川洋治
76 佐々木幹郎
77 正津勉
78 辻征夫
79 安藤元雄
80 藤井貞和
81 大野新
82 犬塚堯
83 小長谷清実
84 江森國友
85 天野忠
86 嶋岡晨
87 阿部岩夫
88 関口篤
89 衣更着信
90 ねじめ正一
91 菅谷規矩雄
92 井坂洋子
93 片岡文雄
94 伊藤比呂美
95 新藤凉子
96 青木はるみ
97 中村真一郎
98 嵯峨信之
99 稲川方人
100 平出隆
101 松浦寿輝
102 朝吹亮二
103 続荒川洋治
104 続藤井貞和
105 続寺山修司
106 吉田文憲
107 瀬尾育生
108 続谷川俊太郎
109 続続谷川俊太郎
110 続田村隆一
111 続続田村隆一
112 続天沢退二郎
113 続続天沢退二郎
114 新井豊美
115 続吉増剛造
116 続続吉増剛造
117 続鮎川信夫
118 続北村太郎
119 続吉野弘
120 続石原吉郎
121 続鈴木志郎康
122 川田絢音
123 続続吉野弘
124 続北川透
125 続白石かずこ
126 続清岡卓行
127 続宗左近
128 牟礼慶子
129 続吉岡実
130 続辻井喬
131 続大岡信
132 続新川和江
133 続川崎洋
134 続清水昶
135 続高橋睦郎
136 続長谷川龍生
137 続中村稔
138 八木忠栄
139 続佐々木幹郎
140 城戸朱理
141 野村喜和夫
142 平林敏彦
143 続渋沢孝輔
144 続那珂太郎
145 財部鳥子
146 続長田弘
147 吉田加南子
148 続清水哲男
149 辻仁成
150 木坂涼
151 田中清光
152 阿部弘一
153 続続大岡信
154 続続鮎川信夫
155 続辻征夫
156 福間健二
157 守中高明
158 平田俊子
159 村上昭夫
160 広部英一
161 白石公子
162 鈴木漠
163 高橋順子
164 池井昌樹
165 続続清岡卓行
166 倉橋健一
167 高貝弘也
168 御庄博実
169 続吉原幸子
170 井川博年